「なぜ、俺を抱く？」
すでに答えなど出ている問い。それをあえて口にした。ルーファスは、フッと口許を緩める。緑眼が細められて、そして唇に吐息が触れた。
「……暇だから」（P157）

禁忌の誘惑

妃川 螢

illustration:
立野真琴

prism bunko

CONTENTS

禁忌の誘惑

1

SP——セキュリティー・ポリスの使命は、警護対象の生命《せいめい》を守ること。壁《かべ》となり楯《たて》となって、降りかかるありとあらゆる危険から守り抜く。マルタイが何者であろうと関係ない。

警護対象が、真に脅威《きょうい》に怯《おび》える被害者ばかりとは限らない。暴利《ぼうり》をむさぼる悪徳政治家だろうと、恨《うら》みを買って当然の天下《あまくだ》り官僚だろうと、守れといわれれば守る。

もちろん、たとえそれが法廷で証言を求められる犯罪者であったとしても、身を楯にしてその命を守るのが、SPの任務だ。

守ること、それがすべて。

理由とか、善悪とか、ましてや己《おのれ》の価値観とか、そんなものは関係ない。

任務なのだ。仕事なのだ。

けれど……。

「やあ、久しぶり」

ふてぶてしい態度の犯罪者は、ひとりがけのソファに頬杖《ほおづえ》をついて、そのグリーンアイに不敵《ふてき》な光を宿した。

ルーファス・マクレラン。呼称《こしょう》ルーク。

ニューヨークに拠点を置くマフィア、ガローネ・ファミリーが差し向けた暗殺者。

今朝がた発令された新たな任務において、浅海《あすみ》が警護を担当することになった重要参考人だ。

犯罪者なのに、重要参考人。

その時点で、すでにおかしい。

この男の撃った弾で、仲間のSPは負傷し、入院を余儀《よぎ》なくされたのだ。

だというのに、ルーファスはラグジュアリーホテルのスイートルームを与えられ、外出こそ許されないものの、今現在こうしてのうのうとしている。こんなことに血税が使われているのかと思えば、腹立たしいどころの話ではない。

だがそれには、ちゃんと理由がある。

犯罪捜査への協力者は、たとえ罪を犯した者であっても、法のもとに保護されるのだ。

日本の法律ではない。米《アメリカ》連邦政府《れんぽうせいふ》の取り決めだ。

「警視庁警護課の浅海です。本日より、あなたがアメリカに移送《いそう》されるまでの期間、警護を担当させていただきます」

ふたりきり、広い部屋で向かい合う。

濃い陰影《いんえい》を見せる金髪を掻き上げた男は、ククッと喉《のど》を鳴らして笑った。

「堅《かた》いな。全部なかったことにしたいわけか」

「……」

揶揄《やゆ》を滲《にじ》ませる緑眼を、ただまっすぐに見据《みす》えるよりない。

組んでいた長い足を解いて、ことさらゆっくりと腰を上げる。男が歩み寄るにしたがって、視線を上げざるをえなくなった。

身長一七三センチ以上とされるSPの採用規定をクリアしている浅海が、しっかりと顎《あご》を上げて見上げなくてはならない長身。やわらかなラインを描く濃金色の髪は襟足《えりあし》を隠す長さで、男の整った相貌《そうぼう》を華《はな》やかに彩る。

その中心に、印象的なエメラルドグリーンの瞳。

イタリア系らしからぬ容貌《ようぼう》は、いったいどこの血が混じったゆえなのか。

ローマ神話に登場する太陽神アポロンは、こんな風貌《ふうぼう》だったのかもしれない。だがこの男が背負《せお》うのは、太陽ではなく闇だ。

闇社会に名を轟かせる大物マフィアで暗殺者。

逮捕されてなお、ふてぶてしい態度で、悠然《ゆうぜん》と司法取引を求めてきたという。

米国には、証人保護プログラムという制度がある。証言者を被告発者の制裁から保護するために設《もう》けられたものだ。

改悛《かいしゅん》を匂わせる男をマフィアの報復《ほうふく》から守ること。それが浅海に与えられた任務だ。

マフィアは裏切りを許さない。『沈黙の掟《オメルタ》』と呼ばれる絶対的な戒律《かいりつ》に、彼らは縛られている。「入会は生をもって、脱会は死をもってのみ」とされる死の掟《おきて》に、この男は背《そむ》こうとしているのだ。

本当だろうかと、訝《いぶか》った瞬間だった。

「……っ」

伸ばされた手に顎を掴《つか》まれ、上から視線を合わさせる。間近に。

以前にもこの距離で、この緑の瞳を仰《あお》ぎ見た。もっと近い距離でも。だが、そのときとはまったく違って見える色合い。

「お放しください、ミスター・マクレラン」

極力感情を殺して、要求のみを告げる。

手を上げることは、したくないし、できない。

そんな浅海の立場を、上から見下ろす男は、腹立たしいほどに理解している。要求はサラリと無視された。

不敵に上げられる口角《こうかく》。言葉のかわりに返された笑みは濃い揶揄を孕《はら》んで、ふたりの力関係を知らしめる。

ふいに陰《かげ》る視界。

行動は反射的なもので、反撃を意識したわけではなかった。

口腔内《こうこうない》に広がる鉄錆味。

間近に見据える緑眼が細められる。

「可愛げのない番犬だ」

呟《つぶや》く男の唇の端に滲む赤。

顎を掴む指に力が加わって、唇に吐息《といき》が触れる。

「番犬に可愛げなど不要ですから」

緑眼に映り込む自身の姿を見上げて返せば、近すぎて視界の端にも映らない端整《たんせい》な口許《くちもと》が、笑みを模《かたど》る気配。つづいて、低い笑いが零れた。顎に加えられていた力が去る。

「前言撤回させてもらおう。——君は充分に可愛い」

ふざけた言葉を口にする。浅海が眉間《みけん》の皺《しわ》を深めたのが見えたわけでもないだろうに、いったん背を向けた男は、足を止め、振り返った。

「それほど長い時間ではない。よろしく頼むよ。――侑《ゆう》」

名乗っていないはずの名前《ファーストネーム》を、呼びかける。

揶揄を滲ませる甘い声が神経を逆撫《さかな》でても、静かに握った拳に力を込めるよりない。浅海は黙ってエメラルドの視線を受け止めた。


要人警護の任にあたる警察官が誰しもＳＰと呼ばれるわけではない。ＳＰとは、正しくは警視庁警備部警護課に所属する要人警護専従警察官のみを指す呼称だ。

選抜規定は、身長一七三センチ以上、拳銃上級、武術体術の心得は当然のこと、すぐれた身体能力が要求される。胸にＳＰバッジをつけられるのは、狭き門をくぐり抜け、過酷《かこく》な訓練に耐え抜いた、限られた者だけだ。

法律に定められた警護対象は、内閣総理大臣、衆議院議長、参議院議長、国賓《こくひん》。課内は担当ごとの係にわけられ、そのなかでも一番の大所帯《おおじょたい》は、いうまでもなく内閣総理大臣担当だ。およそ三百名のSPのうち、五十名がこの任にあたっている。

もちろん、法律に定められた存在だけが警護対象ではない。慣例的《かんれいてき》に配備される対象もあれば、さまざまな事由《じゆう》によって緊急に配備されることもある。

浅海が所属するのは、主に緊急の警護依頼に対処するチームだ。国賓の警護に駆り出されることもあれば、脅迫状を受け取った国会議員の警護にあたることもある。それゆえ、臨機応変な対処能力が要求される。

そんなチームに、少々厄介な案件が舞い込んだのは、少し前のことだった。

ショービジネス界からの警護依頼。

アメリカで活躍するある人気俳優を、マフィアの魔の手から守ってほしいと依頼してきたのは、俳優の父親でもある上院議員だった。マフィア根絶《こんぜつ》を訴える自分の政治活動が、我が子にまで及ぶ危険を呼び込んだとなれば、親としてできる限りのことをしたいと思うのが当然だろう。

SPが身辺警護を行う対象はごく限られている。今日明日に命の危険が迫った状況でもない限り、どんな大物芸能人であろうとも、経済界の重鎮《じゅうちん》だろうとも、SPが派遣されることはありえない。彼らが雇うのは民間のボディガードだ。

ところが、依頼主が政治家であったことと、国家間の利害関係、なによりマフィアというわかりやすい驚異の存在が、本来ありえない依頼を警察上層部に受理させたらしい。派遣されたSP以上に、当の俳優本人のほうが困惑《こんわく》顔だった。

だが現実問題として、危険は降りかかり、警護対象は無事だったものの、彼を守るために浅海の同僚SPが負傷した。狙撃ライフルで、肩を撃ち抜かれたのだ。

その狙撃を行った張本人が、ルークの呼称で闇社会にその名を轟かせていた男、ルーファス・マクレランだった。

自身も反撃を食らい、負傷して、機動隊に確保された。

この時点で、浅海たちに与えられた任務は終了するはずだった。いや、事実、いったんは終了した。

逮捕された男の取り調べは、SPの仕事ではない。刑事警察と警備警察との間には歴然とした違いがあって、警護専従警察官であるSPが捜査の任にあたることはないのだ。

男の身柄は、刑事部か組織犯罪対策部か、もしくは公安《こうあん》あたりに移されて、厳しい取り調べを受けることになるはずだった。

だが、警察病院で怪我《けが》の治療を受け、退院した男が移送された先は、取調室ではなく、ラグジュアリーホテルのスイートルーム。

男の身柄は本国アメリカに移送され、そこでガローネ・ファミリー摘発《てきはつ》に動いていた捜査当局の取り調べを受けることになるのだという。逮捕したのは自分たちだと、警視庁側が主張したところで、警察庁の鶴の一声の前には、どうにもならなかったらしい。

浅海が所属するチームに与えられた任務は、ルーファス・マクレランを生きたまま日本から出すこと。アメリカへの移送体制が整うまでの間、闇社会の報復から完璧に守りきること。

「早い話が、乗りかかった船、ということだ」

スイートルーム併設のコネクティングルーム。

これからしばらくの間、SPの詰め所と化す部屋に集うSP一同に投げられたのは、実に身《み》も蓋《ふた》もない説明だった。厄介な任務ばかりを引き受けてくる我らが上司らしいと、浅海は胸中《きょうちゅう》でひっそりと苦笑する。

だが、つづいて命じられた内容には、怪訝《けげん》に眉を顰《ひそ》めた。

「部屋に常駐するのは、浅海、おまえひとりだ」

直属上司でチームの指揮官である來嶋《きじま》の言葉に、当の浅海以上に仲間のSPたちが驚きを露《あら》わにする。皆一様に眉間に皺を刻み、いったいどういうことなのかと無言のなかにも上司に説明を求めていた。

それに対して返された言葉は、単純明快。

「いかめしい顔をした連中が視界をウロついていては気が休まらないのだそうだ」

そんな、冗談だとしか思えない理由に、一同が納得してしまうだけの、浅海は容貌の持ち主だった。

先に挙げたSPの選抜規定にもうひとつ加えるとするなら、容姿端麗《ようしたんれい》であることが上げられるが、それは髪型をはじめとする身なりにおいての、清潔感という意味合いが強い。

ある国では、宮殿《きゅうでん》警備隊員を、家柄と学歴と顔で選抜するというが、SPにとって目立ちすぎる容貌は、逆にマイナス要素となる。

だからといって、能力的に優秀な存在を埋もれさせる必要はなく、來嶋はそういった人材を進んで手元に集めている節があって、他班と比べるとビジュアル的にいささか華やかすぎる傾向にあるのも、このチームの特徴のひとつだ。上に立つ來嶋自身がとても公務員には見えない風貌の持ち主だから余計、かもしれない。

そんなチーム内においても、浅海の容貌は際立《きわだ》っていた。見る者にクールな印象を与える艶《つや》やかな黒髪と涼やかな眼差《まなざ》しは、派手さはないがたしかに人目を惹《ひ》くものだ。

「ずいぶんと舐《な》められたものですね」

そう吐き捨てたのは、このチーム一番の若手である和喜多《わきた》だった。

命を狙われる危険性が高いというのに、自分を守ってくれるSPに対して文句を言う余裕があるなんて…と、鼻白《はなじら》んだ様子で不服を申し立てる。

「大切な証言者だ。丁重に扱えとの、上からのお達しだ」

來嶋が諫《いさ》めると、彼は肩を竦《すく》めて、口を噤《つぐ》んだ。浅海は困惑を深めたが、秘めた理由が理由だけに問うことができない。

それを代弁するかのように、傍《かたわ》らから問いが上がった。

「本当に、そんな理由ですか？」

静かに、しかし深い疑念を滲ませて問うのは、いつも浅海と相棒関係で警護の任にあたっている神野《じんの》。

彼の態度には理由がある。來嶋の背後に、警察庁警備局に勤務する、自身の兄の存在があることを知っているからだ。

前回、厄介な警護任務を持ち込んだのは神野の兄だった。そのマルタイを狙ったルーファス・マクレランの入国情報がもたらされたのも同ルートからだと聞いている。そして、そのように來嶋から聞かされたわけではないが、確保した身柄を日本で取り調べるのではなく、アメリカへの移送を決定したのも、警備局の意思だろう。向こうの捜査当局と、なんらかの取り引きがあったのは想像にたやすい。

兄が何か企んでいるのではないのかと神野は問いたいのだろうが、どのみち無駄だ。どんな組織でもそうだが、上層部の意思決定は、任務遂行上必要最低限の情報だけが下々《しもじも》に伝えられるだけで、なぜそうするのか、理由は聞かされないし、問い返すことも許されない。

「ほかに何がある?」

來嶋から返されたのは、案の定の返答だった。

「……」

口を噤んだ神野は、それ以上何も言わない。

いささか反抗的にも見える部下の態度を諌めるでもなく、そのかわりに來嶋は気遣いという名の揶揄を向けた。

「それより、肩の傷はいいのか?」

ルーファス・マクレランの狙撃からマルタイを庇い負傷したのは神野だ。だが、庇う、という表現にはいささか語弊《ごへい》がある。そのあたりを來嶋もつついているのだ。

これは外部にはオフレコだが、マルタイと特別な関係にあった神野が、大切な人を傷つけられた激情に任せて機動隊員からライフルを奪い取り、ルーファス・マクレランと撃ち合った、というのが実情だ。双方の狙撃の腕が拮抗《きっこう》していたために、神野は肩を、ルーファスは腕を負傷した。

ＳＰが命令も許可もなく、機動隊の装備を使用するなど懲罰《ちょうばつ》ものだが、結果的にお咎《とが》めなし。それがなぜかなど、訊くまでもないことだ。

だが、神野の兄が弟可愛さに庇ったわけではないことは、兄弟の事情をさほど知らない浅海にも容易に想像がつく。そこには組織的ななんらかの思惑《おもわく》があるはずで、來嶋はきっとそれを知っている。そして、浅海たち一介のＳＰには、それを「なぜ？」と問うことは許されない。

「問題ありません」

上司の揶揄を平然と受け流す神野もなかなかに食えない男だが、それをあたりまえに聞き流しているチームの面々も、さすがに來嶋が選抜した面子《めんつ》といえた。

「我々の任務は、ルーファス・マクレランの身柄を迎えの捜査官の手に渡すまでの間、証言可能な状態で生かしておくことだ。それ以上でも以下でもない」

神野の返答に頷いた來嶋は、一同を見やって端的に任務内容の確認をする。生きてさえいればいいとも受け取れる言い草は、冷たく聞こえるかもしれないが、ＳＰの立場として間違ってはいない。

たとえマルタイが犯罪者であろうとも、犯した罪に関して踏み込む権利を有さない。その後の捜査が正しく行われることを祈りつつ、ただ守るのが浅海たちＳＰに求められるすべてだ。

「ミスター・ブルワーはご無事だった。神野もこうして復帰している。皆思うところはあるだろうが、いつも通り頼む」

過日に敵だった存在、しかも仲間に傷を負わせた犯罪者を守らねばならない部下の心情を気遣いつつも、來嶋はそれが自分たちに課せられた任務だと厳しく諭《さと》す。一同は、当然のことだと頷いた。

もちろん浅海も。

胸中で何を思おうとも、個人の感情など任務の前では関係ない。

その一方で、今回の任務がひじょうに厄介なものであることを、自覚してもいる。神野を撃った狙撃犯の顔を確認したときの衝撃とともに。

よりによって…と、歯噛《はが》みしたい感情に蓋をして、任務に赴《おもむ》く。だが、今回の任務にこれほどの困難さを感じているのは浅海ひとりだ。だからこそ逃げるわけにはいかなかった。

顔合わせをして、注意事項を申し渡して、ひとり……いや、男とふたり部屋に残されて。はじめに投げられるだろう揶揄の言葉を予測できても、浅海にはただまっすぐに派手《はで》な相貌を見据えるよりなかった。

そしてルーファス・マクレランは、予想通りの言葉を投げてきた。愉快そうな笑みととももに。

「やあ、久しぶり」

言葉など、返せるわけがない。

涼やかな面《おもて》に無表情を張りつかせ、ひっそりと奥歯を噛み締めるよりなかったのだ。

自分は、この男の肌の熱さを知っているのだから。

2

広い室内に、コーヒーの香りが広がる。深炒《ふかい》りの苦みの混じる香ばしい匂いだ。

高層階にあるスイートルームのダイニング。一面の壁がガラスでできているかに思える開放的なつくりは、プライベートで訪れたならさぞ楽しめたに違いないと思わされる景観《けいかん》が素晴らしい。

周囲に、このホテルに並ぶ高層建築物がないために、方角さえ合っていれば、霞《かす》む空の向こうに富士山だとて望めるだろう。あいにくこのホテルのエグゼクティブフロアは全室オーシャンビューを売りにしていて、大きな窓から望めるのは東京湾のくすんだ青だけれど。

「本当は自分で淹《い》れたいところだが、ミニキッチンつきのスイートルームなんてのは、さすがに聞かないな」

届けられたワゴンからコーヒーのポットをとって自らカップに注ぎながら、男は壁際《かべぎわ》に立つ浅海《あすみ》に視線を向ける。

「飲むかい？」

「遠慮させていただきます」

「水分は極力とらないように…か。ボディガードの基本だね。けど、ここから移動するわけじゃないんだから、かまわないだろう？」

カップふたつにコーヒーを注いで、それを両手に歩み寄ってくる。カップを突きつけられて、しかし浅海は男の顔を見据えたまま、無反応を決め込んだ。

「ノリが悪いな。日本人は本当に生真面目《きまじめ》だ」

それを言うのなら、口が達者で調子がいいのはイタリア系の特徴なのか。

浅海に差し出したカップを引っ込め、それを自分の口に運ぶ。両手のカップからそれぞれひと口ふた口含んで、そのままテーブルに戻った。

カチャリと、磁器の擦《す》れる音。

窓枠に腰をあずけて、望める景観に緑眼を細めてみせる。その姿に、浅海は違和感を感じずにはいられない。

「なぜ平然としていられるのか」

浅海の心情を読み取ったかのように、ルーファス・マクレランは、浅海の抱く違和感の根本を口にした。

「――って、訊きたい顔をしている」

飄々《ひょうひょう》とした顔に浮かぶその余裕こそが謎なのだと、思うものの口には出さない。浅海の無反応を肯定ととったのか、男はさらに言葉を継いだ。

「報復が怖くはないのか。どこから狙撃されるかしれない窓際に立つなど信じられない」

浅海が口にしない疑問の数々を、まるで他人事《ひとごと》のように並べたてる。

警護対象のなかには、恐怖のあまり日常生活もままならなくなる者もいる。政治家などは、腹が据わっているのか感覚が麻痺《まひ》しているのか、平然としている場合が多いが、たまたま事件に巻き込まれてしまった目撃者や証言者となると、なかにはカーテンを閉めきった部屋から一歩も外へ出ようとしない者もいるくらいだ。

だというのに、目の前の男は平然としている。マフィアの恐ろしさは、内部にいた自分自身が、誰よりも――警護につく自分たちよりも熟知しているだろうに。

芝居がかった口調で、やけに饒舌《じょうぜつ》に言葉を紡ぐ男をじっと見据えていると、その端整な口許がふっとゆるんだ。

「ふたりきりなんだから、話し相手くらい普通にしてくれてもいいと思うんだが？」

たとえ警護中に政治家同士の不穏な会話を聞いたとしても無反応。壁に徹するのがSP

だ。だが第三者の目のない場所でまで、部屋の主《ぬし》をまるっきり無視しなくてもいいのではないかと苦笑交じりに言われて、浅海はやっと涼やかな目元を飾る長い睫毛を瞬《またた》いた。

だが、その口が発したのは、これ以上ないほどに堅い声。

「なぜ改悛する気になった？」

なぜ、仲間を裏切り、絶対的戒律である『沈黙の掟《オメルタ》』をやぶって司法に協力する気になったのか。

裏社会が生きにくくなっているのは洋の東西を問わず、日本のヤクザも世界各国のマフィアも同じようで、たしかに最近は改悛者も多い。

昔は、さまざまな罪状で逮捕されようとも、証拠がないのをいいことに、絶対に口を割らないのがマフィアだった。殺人罪だとて、死体がなければそもそも事件が成り立たない。そうして当局を煙に巻くのがマフィアの常套《じょうとう》手段だったのだ。

だが時代は変わり、ただでさえ昔ながらのやり方が通じなくなってきていたところへ、数年前の米伊両国の捜査当局が手を組んだ一斉摘発によって、マフィア発祥の地イタリアはもちろんその流れを汲《く》むニューヨークでも、闇社会は大きな痛手を受け、その影響はいまだに尾を引いていると聞く。

それを乗り越えてなお勢力を保つファミリーは、ゆるぎない組織力を有している。男が属していたガローネ・ファミリーは、その筆頭だ。そんなファミリーだからこそ、捜査当局の手などいくらでも逃れる手段を持っているだろうし、一方で裏切者への制裁は凄惨《せいさん》を極めるはず。

証人保護プログラムによって守られるとはいっても、マフィアの手口の悲惨《ひさん》さは、誰より知っているはずだ。彼らは、自殺や事故に見せかけるような、綺麗なやり方はしない。それが報復であればより派手に、わかりやすく、命を狙ってくる。家族があればもろともに、幼い子どもだろうと容赦はしない。

裁判中は警護がつき、その後は名を変え、ときには顔も変えて、当局の監視のもと身をくらますことができるといっても、裁判中に暗殺される確率は、ゼロではないどころかかなり高いのが実情だ。

「現行犯逮捕されてしまったからね。逃げようがないだろう？」

問いに対して返された声は、妙に芝居《しばい》じみて、観念して改心を決めたわけではないことを知らしめる。闇に染まった男は、決して心を入れ替えてはいない。

「機動隊員が駆けつけるまでに、逃げる時間はあった」

「完全に包囲されているとわかっていて？　汚職まみれの組織とはいっても、日本警察はそこまで落ちぶれてはいないだろう」

「利《き》き腕が動かせなかったとしても、逆の腕で全員撃ち殺すくらい、貴様ならたやすかったはずだ」

「ろくな射撃訓練をしていない日本警察といえども、多勢に無勢《ぶぜい》では勝ち目はないさ。こちらが蜂の巣にされる」

「ここは日本だ。アメリカじゃない。人質を取られでもしない限り、射殺命令が出ることはない」

「あの場でひとりでも撃ち殺していたら、即座に狙撃命令が下ったはずだ」

神野《じんの》が撃たれたあとだから、それは考えられないことではない。

「誰だって、命は惜しい」

「貴様はその程度の器ではない。何を企んでいる?」

この問答事態がどこか既出の脚本じみていて、男自身の言葉とは思えない軽さをまとっている。

いつの間にか男の前に立って、そのグリーンアイを、責めるように睨《にら》んでいた。浅海の視線を受けとめた罪人は、己が背負うものの重さなどまったく自覚していないかに、悪戯《いたずら》な表情を向ける。

「ずいぶんと買ってくれてるんだな」

窓枠から腰を起こした長身が、浅海の視界に影をつくった。

「——あの夜の私は、そんなに素敵な記憶を残せたわけだ」

君のなかに…と、耳朶《じだ》に低い囁《ささや》きを落とされる。反射的に引こうとした身体は、二の腕を掴まれることで、その動きを阻《はば》まれた。

「ミスター・マクレラン」

咎めるように名を呼べば、「ルークでいい」と返される。そちらのほうが呼ばれ慣れた名だと、男は以前語っていた。

その記憶が、今、浅海を追いつめようとしている。

警察官と犯罪者。だが主導権は、罪人のほうにある。

「いい声で啼いていた。とてもはじめてとは思えない乱れっぷりだったよ」

耳朶を吐息が掠《かす》めて、浅海は身体の横で握った拳にぐっと力を込める。潜めた声に滲むのは、揶揄ばかりではない。

「上に、どんな取り引きを持ちかけた?」

間近にある緑眼を見上げて、静かに問う。

この状況をいったいどうやってつくり出したのか、ただの単純な司法取引などではあるまい? と問えば、端整な口許が笑みを模った。

「いまさらそれを訊くのか?」

リーチの長い腕が、浅海の痩身《そうしん》を囲い込む。

「わかっているんだろう? 君は今、ここでこうしているんだから」

自分がなんのためにこの場にひとり残されているのか、察していないわけではないだろう? と返される。

日本警察に限ってありえないと、きっぱり言い返せないのは、それが事実だろうが嘘だろうが、ふたりの力関係が変わることはないから。

來嶋《きじま》が部下を売るはずがない。たとえ上に立つ存在がどれほど腐《くさ》っていても、組織の腐敗構造がどんな無茶を言わしめても、來嶋はそれすら逆手にとる知略《ちりゃく》の持ち主だ。

それがわかっていながら、浅海には男の発言を笑い飛ばすことができない。

そんな浅海を、男はますます追いつめる。楽しげに。

「弟くんは元気かい?」

浅海のなめらかな眉間に、皺が刻まれた。

次の瞬間、それがいっきに深くなる。

「科捜研《かそうけん》の上司と部下の関係では、私と君のゆきずりの関係以上に危険だ」

「……っ!? 貴様《きさま》……っ」

懸命に冷静であろうと務めていた表情が、脆《もろ》くも崩れた。家族が己のアキレス腱《けん》であると暴露《ばくろ》するものでしかないその反応を、いまさら取り繕《つくろ》うことは不可能だ。

「……調べたのか？」

「あのあとすぐにね」

君が何者であるかを確認しておく必要があったと返されて、マフィアの情報網を甘く見るなと恫喝《どうかつ》されているのだと理解した。

「なんなら君のプロフィールを読み上げようか？　君が愛してやまないふたりの弟も……下の子はまだ学生だそうだね」

薄く笑われて、浅海は奥歯を噛み締める。

「秘密を守るためなら、なんでもする。我々は、そういう存在だ」

必要があれば、警察に身を置く浅海を情報源として利用しただろう。マフィアは司法にも政治にも深く食い込むことで生き残ってきた存在だ。

「そう言うおまえは今、仲間を裏切ろうとしている」

精いっぱいの揶揄を投げても、

「死なばもろとも。——言葉の使い方は合っているかな？」

最低最悪な言葉を、日本語の意味として合っているかと問い返してくる厚顔《こうがん》ぶり。まともに裁判を受ければ終身刑になるとわかっているからこその言葉だ。

「……下衆《げす》め」

かろうじて紡がれたのは、短い罵倒《ばとう》、それだけだった。

だが男は、それを実に楽しげに聞き流す。かわりに、背にまわされた腕に力が込められた。

「明日にも消えるかもしれない命だ。哀《あわ》れに思うなら、存分に愉《たの》しませてほしいものだ」

背を伝い落ちた大きな手が、浅海の腰を撫でまわす。

その手を振り払うかわりに視線に不快さを滲ませ、浅海は毅然《きぜん》と返した。

「日本にいる間は、そう簡単に殺させやしない」

SPを甘く見るなと、先に投げられた言葉への揶揄も込めて返してやる。マフィアごときに出し抜かれるほど、こちらとて節穴ではない。

「日本を出たら？」

おどけた問いを紡ぐ唇には、嗤《わら》い。細められた緑眼の中心に、自分が映り込んでいる。

長い指が、浅海の頬を撫でる。

それを振り払って、吐き捨てた。

「知ったことか」

たまりかねたように零れる笑い。

腰に絡む腕に込められる力。

ネクタイを引き抜く衣擦《きぬず》れの音が、まだ高い陽の差し込む広い部屋に、やけに大きく響いた。


二カ月ほど時間を遡《さかのぼ》った、週末の夜のことだった。

その日浅海は、すぐ下の弟と、少々込み入った話し合いをしていた。

いや、話し合いをするつもりで浅海は弟を呼び出したのだが、実際にはとても話し合っているとは言えない状況に陥っていた。

「もういいから、放っておいてくれよ！」

細身ではあるが決して小柄ではない浅海よりさらに頭ひとつ分大きく育った弟は、まるで頑是《がんぜ》ない子どものように兄の言葉を拒絶する。

浅海の柔軟な態度を、懐柔《かいじゅう》しようとしていると受け取ったらしい弟は、はじめから喧嘩《けんか》腰で、ろくに話を聞こうとしない。そんな弟を窘《たしな》め、でも納まらなくて店に入ることもできず、ビルとビルの隙間の路地で、背を向けようとする弟を懸命《けんめい》に引き止めていた。

「誰も頭ごなしに反対などしてないだろう？　相手の方にだって立場があるんだ。組織がどういうものかくらいおまえだって――」

「わかってるよ！」

怒鳴り声とともに二の腕を掴んだ手を振り払われて、浅海は大きなため息とともに口を噤んだ。くしゃりと乱れた髪を掻き上げて、どう説明したものかと言葉を探す。

しばらくの音信不通状態。浅海がいる時間にはろくに家にも帰ってこない。話をしたくてもできない状況に、基本的に冷静な性質の浅海も追いつめられていた。

幼いころから兄弟仲はよくて、とくに長兄《ちょうけい》である浅海は下のふたりと少し歳が離れていることもあって、喧嘩らしい喧嘩など、この歳になるまでしたことがなかった。親のない家庭環境ゆえか、反抗期らしい反抗期も、弟たちにはなかった。親代わりである長兄の言葉を、弟たちはいつも素直に聞いたのだ。

だから、激しい反発を見せられて、感情を持てあます弟本人はもちろん、それをぶつけられた浅海も、どうしていいかわからない状況に陥っていたのだ。

「わかってくれなんて言わない」

「なんではじめっから拒絶するんだ」

「どうせわからないよ、兄貴には」

「わかりたいって思ってるからこうして——」

「だから、もういいんだよ！」

やっぱり話すんじゃなかったと吐き捨てられて、さすがの浅海もカッと頭に血を昇らせた。

「准《じゅん》！」

もうずいぶん昔に両親を亡くして、浅海は弟ふたりの親代わりでもあった。絶対的な存在である兄の一喝《いっかつ》に、次男はやっと口を噤む。だが、伏せた視線は逸《そ》らされたまま。

「そりゃあ最初は驚いたよ。今も正直戸惑ってる。でも……」

弟に恋人ができた。

それは喜ぶべきことで、なにも戸惑う必要はない。だが、相手が同性となると、少々話が違ってくる。しかも職場の上司だ。

警察官採用試験を受けた兄の背を追うように、大学を出たあと、次男は科学捜査研究所《科捜研》に就職していた。相手は職場の上司で、つまりはともに警察職員なのだ。閉鎖的な組織に身を置くふたりにとって、プラスに働くわけがない。

浅海が心配したのはそこだった。

ふたりの関係を、端から否定しようなどとは、微塵《みじん》も考えてはいなかった。本気なら、味方になってやりたい。その覚悟を問いたかった。それだけのことだったのだ。

「おまえにそういう嗜好《しこう》があるなんて知らなかったから……」

それは、かたくなな弟の態度にいいかげん疲れて、ついポロリと零《こぼ》れた言葉だった。

このときの浅海は、同性に惹かれる気持ちが、単純に理解できなかった。

それが愛情ではなく憧憬《しょうけい》の念ならわかる。同性だからこそ、自分が持ちえなかった魅力を持つ存在に強く惹かれる感情は、軽い嫉妬とないまぜになって、とくに若いうちには抱き得るものだだろう。浅海自身にも覚えがある。

だが、肉欲を伴う愛情となると、話は別だ。

「嗜好?」

兄が零した短い呟きのなかに、弟は何を感じ取ったのか。その声は険《けん》を孕んで、浅海の視線を上げさせた。

弟は、兄の知らない男の顔をしていた。

ひとりの男の顔で、愛する者を世間という名の敵から守ろうとしていた。

「やっぱり、兄貴には無理だ。口先でなんて言ったところで、本心では理解なんてできない」

「准？」

一瞬ゆるみかけていた弟の態度が再び硬化《こうか》して、隙なく城壁《じょうへき》が固められる。肌から伝わる緊張感が、浅海に一歩を踏み込ませない。

たぶんこのとき、弟に完全に拒絶されたことに対して、浅海は当の弟以上にショックを受けていた。

だが、それを自覚することができなかった。

ただ戸惑いばかりが胸中を渦巻いて、言葉を探し出すことができなかった。

それが、取り返しのつかない結果を招く。

弟は浅海の態度を最悪の方向へと誤解した。

「俺、家を出るから。荷物は近いうちに取りに行くよ」

恋人と一緒に暮らすからと、弟は背を向けてしまう。これ以上の話し合いは無駄だと、その広い背は無言のなかにも主張していた。

「准！　待……っ」

呼び止める声に振り返りもせず、弟は浅海の前から立ち去った。

弟の背が視界から消えると、途端に繁華街の喧騒《けんそう》が耳につきはじめる。

「……っ」

腹の底からせり上がってきた何かをぐっと呑み込む。それからしばらく、浅海はその場を動くことができなかった。

どんな言葉をかけてやったらよかったのだろう。

どう接したら、弟のかたくなな態度はゆるんだのか。

そもそも、理解しようなどと考えたことそのものが、おこがましかったのかもしれない。

そんなことをぐるぐると考えて、弟の立ち去った路地の向こうを、ただ呆然《ぼうぜん》と見ているよりなかったのだ。

当然のことながら、兄弟のやりとりを目撃する者がいるなんて、知らなかった。

気配に敏《さと》い浅海だが、それに気づける余裕もないほどに、衝撃を受けていた。

自分が泣きそうな顔をしているなんて、考えもしないことだった。

性格に起因《きいん》する理由からではなく、環境がそれを許さなかったこともあって、浅海には夜の街をふらふらと飲み歩いた経験がない。学生時代は弟たちの世話で時間がなく、就職してからは特殊《とくしゅ》な職業ゆえに節制《せっせい》が必要とされることがその理由だった。

だがこの夜は、誰もいない広い家にまっすぐに帰ることがどうしてもできなかった。

次男は恋人のもとにいってしまった。

大学に通う末弟は、家を出てひとり暮らしをしている。

明かりの灯《とも》らない家で、浅海を待つ人はない。

やっとその役目を思い出したらしい重い足を引きずって繁華街を歩き、なんとなく目に留まったバーに入った。

カウンターでひとり、不味《まず》い酒を呑んだ。

アルコールは決して嫌いではない。ただ人並みに呑む機会がなかっただけで、特別弱い性質《たち》でもない。

重厚《じゅうこう》な雰囲気に惹かれて入ったバーは、それに見合った品ぞろえで、さほど詳しくない浅海にも、バーテンダーのセンスのよさが伝わってきたほど。だというのに、そのバーの雰囲気を楽しむ余裕もなければ、喉を通りすぎていくアルコールの味など判別できる精神状態ではなかった。ただ時間を潰すつもりしかなかった。

グラスが空になって、新しいものをオーダーしようとしたとき、浅海が口を開くより早く、新しいグラスが差し出された。バーテンダーに視線を向けると同時に、横からかけられた低い声が問うべき疑問を解消してくれる。

「おごらせてもらえるかな」

首を巡らせた先には、予想外のビジュアルがあった。いや、ある意味予想通りだったと

もいえる。気障《きざ》なセリフを口にしても許される美貌《びぼう》が、カウンターの端にあった。

予想外だったのは、その髪の色と瞳の色。

イントネーションにクセがなかったために、当然自分と同じ人種を想定していたのだ。

だが、声をかけてきた男の髪は濃い金髪で、こちらに向けられる眼差しはバーの薄暗い光源のせいで今は濃い色をしているが、太陽光の下で見ればきっと、美しいエメラルド色をしているはず。

スリーピースに身を包んだ、ビジネスマン風の外国人。

浅海が応えないでいると、席を立って、傍らに立つ。いきなり隣のスツールに腰を下ろしたりしない紳士は、「いいかな？」と断りを入れてきた。

差し出されたグラスを口に運んだ。それが返答だった。

先の一杯よりも、喉越《のどご》しがよかった。

「これ、なんて酒？」

よほど高い酒をおごられたのかと、興味を引かれるままに尋ねてみると、思いがけない答えが返された。

「さっき君が呑んでいたのと同じものだよ」

別のもののほうがよかったかな？　と笑われる。

「……そう」

呟くように返したのは、落胆《らくたん》したからではない。アルコールは、雰囲気や会話を楽しみながら呑むものなのだと、改めて思わされたからだ。同じ酒なのに、先の一杯とはまるで違って感じられた。

「美味《うま》い酒だったんだな」

思わず呟くと、隣の男がたまりかねたようにククッと小さく噴《ふ》き出した。

「彼に失礼だよ」

視線を寄こされたバーテンダーは、口許に微笑《びしょう》を浮かべることで、客の冗談に返した。それもそうだと頷いて、「ごちそうになります」と、気分を変えてくれた一杯に改めて礼を言う。それから、目に眩しい美貌の主をうかがった。

「日本は長いんですか？」

「いや、仕事で行ったり来たりだよ」

あまりに日本語がうまいからずっと住んでいるのかと思ったのだと問えば、昔付き合っていた女性が日本人だったのだとウインクつきで返された。

「兄の婚約者だった日本女性の紹介でね」

だから、兄弟そろって日本贔屓《びいき》なのだと苦笑する。

「住まいはニューヨークだ」

「マンハッタンの一等地とか？」

男の格好から、高級住宅街として知られるアッパーウエスト住まいなのかと冗談口調で軽く言えば、

「どうかな」

肩を竦めて受け流された。

男の言葉が嘘でも本当でも、どうでもよかった。ひととき美味い酒と気の利《き》いた会話を楽しめればそれでいい。アルコールを楽しむ空間は、そういう場所だろう。

「ここにはよく？」

「いや、はじめてだ。だが偶然とはいえ、いい店をみつけた」

その言葉に頷くと、グラスを磨いていたバーテンダーの口許がまた少しだけゆるむ。

「アルコールにもお詳しそうですね」

「たしなむ程度だよ」

「自分はからっきし……いい歳をしてお恥ずかしい」

グラスを置くと、溶けた氷がカランッと音を立てた。

「堅い職業なのかな？　……っと、申し訳ない」

浅海の口調に違和感を感じたのだろう、問いかけて、しかしプライベートを詮索《せんさく》するものでしかないそれを、すぐに引っ込めた。

「いえ……」

酒の席で、たまたま隣り合わせただけの関係なら、それに適した話題がある。

だが、自分に対する問いには言葉を濁《にご》したくせして、浅海は目についたものへの興味と詮索を、つい舌にのせてしまった。

「その時計……」

男のスーツの袖口《そでぐち》から覗《のぞ》く時計が、その格好にそぐわないものに見えたからだ。

オーダーもののスリーピースにならジュエリーウォッチのほうが合いそうなのに、男の腕に巻かれているのは、名の通ったブランド品ではあるものの、かなり高い防水機能まで備えた、スポーツ仕様の、スタイリッシュさとは対極にある実用的なもの。

タイピンもカフスも宝飾品クラスのものを身につけているのに、時計だけが異質で、ついつい目に留まってしまったのだ。しかも、よくよく見ればかなり傷がついていて、ずいぶんと使い込まれている。

すると男は、「ああ」と、言われてはじめて気づいた表情《かお》で、左手首の時計を撫でた。

「兄の形見なんだ。手放せなくて、つい手を伸ばしてしまう」

時計などいくつも持っているのに、無意識につい同じものを手に取ってしまうのだと言われて、浅海は男の意外な一面に長い睫毛を瞬く。「形見」という言葉が耳に引っ掛かったが、不躾《ぶしつけ》に踏み込んでいい領域ではないだろう。

「お守りみたいだ」

「そんなものかもしれないね。これをしていると、怖いものがなくなる」

「怖いもの？　商談相手が噛みついてくるとか？」

「ときどきね」

冗談に返す口調の軽さも嫌味なく、ウインクなどされても普通は嫌悪感が先に立つものだが、男の整いすぎた容貌がそれを許容《きょよう》する。

「家族は、兄だけだったんだよ」

そう告げる口調が静かで穏やかで、だから浅海も言葉を返していた。

「うちは、弟がふたり」

似たような境遇に育ったことを、暴露《ばくろ》してしまう。

彼にはもはや家族がなく、自分にはふたりの弟がいる。それでも、親を亡くし、兄弟で身を寄せ合って育った境遇は互いに通じるもので、共感を呼んだのは間違いない。

ふいに、憤りをまとった弟の背中が思い起こされて、浅海は琥珀《こはく》色の液体に視線を落とした。その横で少し考えるそぶりを見せていた男が、「だからか……」と呟く。

「……え？」

視線を上げると、緑眼が申し訳なさそうに瞬いた。それだけで、浅海はだいたいの状況を察する。

「すまない。立ち聞きするつもりはなかったんだ」

弟と浅海のやりとりを目撃していたらしい。

そして、この店での出会いが、偶然ではないことも、その表情から察した。呆然と立ち竦んでいた浅海が気にかかって、追ってきたのだ。

兄弟の喧嘩腰の会話。しかも決裂《けつれつ》したらしいと察したら、亡兄《ぼうけい》の時計を大切に身につけている男には、見過ごすことができなかったのだろう。

「そんなにひどい顔してたかな」

たまたま通りがかっただけの相手に心配されてしまうほど自分は呆然としていただろうかと問えば、

「君が弟さんをどれほど可愛がっているかが伝わってくる程度にはね」

ショックを受けていたことが丸わかりだったと苦笑されてしまった。浅海はため息とともに苦い笑みを口許に刻む。

「なにを話してたのかも？」

聞こえてしまっていたのかと長嘆《ちょうたん》すると、男は少々違った方向から言葉を返してきた。

「同僚にも友人にも、何人かいるよ」

同性を恋人に持つ人間は身近に多いと前置きしたあとで、手にしていたグラスを置いて、こちらに視線を向ける。

「君に軽蔑《けいべつ》されないことを祈りつつ告白させてもらえば、私もどちらも愛せる」

真摯《しんし》な光を宿すグリーンアイを見返して、浅海は戸惑いの滲む瞬きをした。今一度手元に視線を落として、おごられたグラスを見つめてしまう。

「じゃあ、これは……」

そういう意味――女性を口説くときに使われるのと同様の意味があったのかと唖然《あぜん》とすると、今度は困ったように肩を竦められた。

「下心がまったくないかと言われれば否定できないが、弟さんとのやりとりを目撃したあとだからね、無駄な期待はしていないつもりだ」

だから安心して呑み干してくれていいと言われて、自分の態度が気遣いを見せてくれた相手に対して失礼なものであったと気づき、浅海は慌てて詫《わ》びた。そして、自分のこうした何気ない態度が弟を傷つけたのだと気づく。

理解しようと努力しているのになぜわからないのかと、あのときの自分は己の価値観と感情をぶつけるばかりで、真に弟の気持ちを慮《おもんぱか》ろうとしていなかったことに、いまさら思いいたった。

親代わりに弟たちを育てた自負が、思い上がりを生んでいたのだ。弟は、兄のお仕着せがましさに反感を持った。そこまで気づいていないかもしれないが、どうあっても浅海の言葉を拒絶したのには、ちゃんと理由があったのだ。

無意識だからこそ、そこには深層心理が透《す》けて見える。弟に詫びなければいけないなと、すでに何度めかしれないため息を零した。

「嫌悪感《けんおかん》さえなければ、男でも女でも、快楽を得ることは簡単だ。身体の距離が縮まれば、心がそれに引きずられることはままある。だが——」

男がいったん言葉を切ったのは、浅海への気遣いだった。

「彼の目は本気だった」

断定する口調に、静かに瞠目《どうもく》する。

「そ…っか……」

動揺はなかったが、落胆はあった。

自分にはわからなかったことが、遠目にうかがっていただけのこの男には理解できたというのだ。

兄として、不甲斐《ふがい》なさを感じないわけにはいかなかった。それが落胆を呼んだのだ。

ふいに酔いがまわった気がした。これしきのアルコールで酔うはずもないのに。

それは、肩にのしかかる奇妙な重さと、ズシリと胸の奥に沈んだ感情の澱《おり》が見せた錯覚だったのだろうが、深い落胆を己への失望に変化させるには充分すぎる要因だった。

「弟を、理解したいんです」

そんな言葉が零れ落ちたときには、グラスはとうに空になっていた。

「私も兄には可愛がってもらったが……君のは少々行きすぎにも思えるね」

上っ面な言葉を返すのではなく、ほんとうの意味で理解して味方になってやりたいのだと言う浅海に、男は少々過保護すぎではないかと指摘する。

「親代わりだったし、歳も少し離れているので……」

過保護気味なのは自覚がある。だがこれまで次男も三男も、不満を口にしたことはなかった。

――『兄貴にはわからない』

弟はそう吐き捨てた。吐き捨てて、背を向けた。

あの背を呼び止められなかったのは、己の不甲斐なさだ。

答えの糸口さえ探せないでいる浅海の横顔を見つめていた男が、残りの酒をぐっと呷《あお》った。そして、その指の長い綺麗な手を、カウンターの上に置いた浅海の手に重ねた。

反射的に顔を上げれば、さきほどまでより近い場所に男の顔がある。真摯な色をたたえるエメラルドの瞳の奥に、甘美な色が見え隠れする。禁忌の先へと誘《いざな》う危険な色だ。

「場所を変えるかい？」

その提案が何を意味するのか、もはや理解しないわけにはいかなかった。そしてその言葉が、先に自分が発した弟を理解したいという要望を受けてのものであることも。

「無理《むり》強《じ》いはしない。少しでも躊躇《ためら》いがあるなら、このままここで話をしていよう」

どちらにせよ、朝までにはなにかしらの発見があるかもしれない。

いくつもの選択肢を提示して、浅海自身に選択を委《ゆだ》ねてくる。そしてそのどれもに、助力を惜しまないと言ってくれる。

ゆきずりの相手のために、時間を割《さ》いてくれようとしている。

重ねられた手から伝わるのは、温かな感情とその奥に垣間見えるわずかな欲。その正直さが、かえって心地《ここち》好《よ》く感じられた。

長い睫毛を瞬いて、すぐ隣にある端整な顔を見上げる。浅はかだと嗤う理性が頭を擡《もた》げることはなかった。なぜなら、浅海は酔っているわけでも、冷静さを失くしているわけでもなかったから。充分に理性が働いていたからだ。

思考回路は正常に動いていた。

それを踏まえた上で、探し当てたセリフ。

「明日の朝まで、あなたの時間をいただけますか？」

重ねられた手に、力が加わる。

「明日の昼まで大丈夫だ」

少しおどけてみせて、だが男はすぐに口許に浮かべた笑みを消し去った。

連れ立ってバーを出て、向かったのは繁華街からほど近い場所に建つホテル。慣れた様子で男がチェックインしたのは、エグゼクティブフロアのスイートルームだった。

部屋にふたりきりになって、緊張を強いられるはずの場面で、浅海はホッと安堵の息をついた。第三者の目がなくなって、周囲に気を張る必要がなくなったからだ。

広い部屋の真ん中で、振り返った男に強引さのない所作で引き寄せられ、リーチの長い腕にふわりと囲われた。

背にわずかな緊張が走る。それを深い息をつくことで意識的にゆるめた。

「名前を訊いてもいいかな？」

鼓膜に囁かれて、浅海はしばしの逡巡《しゅんじゅん》ののち、名前《ファーストネーム》だけ答えた。

「……侑《ゆう》」

名字《ファミリーネーム》を名乗ることは憚《はばか》られた。かといって、嘘をつくこともできなかった。なぜかはわからないけれど。

すみません…と、詫びながら視線を上げれば、笑みをたたえた緑眼が自分を見下ろしている。

「ルーファス・マクレラン。ルークでいいよ、子どものころからの渾名《あだな》だ」

名しか名乗らなかった浅海に対して、男はフルネームを名乗った。だが、咎められているような、嫌な印象は受けなかった。それが自分の誠意だと言われているようで、より安堵が増す。

「ルーク？」

Rufus《ルーファス》の略称はLuke《ルーク》にはならない。Lukeと聞いて最初に思い浮かべるのは、ある有名映画の主人公の名だ。光る剣を自在に操った。

「日本語が達者な理由のひとつでもあるけれどね」

浅海の頭に浮かんだことを、男はあっさりと肯定《こうてい》してみせる。

「彼に憧れて、剣術を習ったんだ」

「チャンバラごっこ？　日本の子どもでも、いまどきやらないのに」

「そもそもは兄がファンだったんだ。日本人が開いていた道場に、一緒に通ったよ」

穏やかな声が紡ぐのは、懐かしい想い出の一端。

「そのとき習った日本語で、日本女性を口説いたわけ？」

「おかげで上達しただろう？」

会話の間、男の手が浅海の背をゆっくりと上下に撫でていた。身体の強張りが解かれ、ふたりの間に残っていたわずかな空間が、ほとんどなくなる。

「キスを」

会話が途切れたタイミングで、大きな手が頬に添えられた。促されて顔を上げる。ゆっくりと瞼《まぶた》を落とすと、唇に温かなものが触れた。

「平気？」

問う声が、すぐ間近から聞こえる。瞼を閉じたまま頷くと、再び熱が触れた。今度は深く求められる。

自分に主導権のない違和感は、はじめ頭を擡げたものの、すぐに快楽の向こうに追いやられた。手慣れた口づけは、性急《せいきゅう》さのかけらもみせず、なのに抗《あらが》う隙のない的確さで熱を高めていく。

嫌悪感のない自分に対する戸惑いも、違和感とともに、どこかへ消え去った。自分は快楽に流されやすい性質なのだろうかと、別の疑念が頭を擡げる。

だがそれでもいいか…と、らしくない思考が過《よぎ》る。これが魔が差すという心境なら、勤勉に生きてきた人生で一度くらい、それに流されてしまっても罰は当たらないだろう。凝り固まった価値観を解すには、ちょうどいいかもしれない。

「ルーク……」

「そんな声で呼ばれると、本気になってしまいそうだ」

考える余裕など与えないでほしいと請《こ》うように、教えられた名を——男が望むほうの名を呼べば、困った声が落ちてくる。

濃い陰影を見せる金髪に飾られた整った容貌の中心で、緑眼が自分を捉《とら》えている。その美しい色合いは、高貴な宝石を思わせた。

「ゆきずりってことにしておいてください」

襟元を寛《くつろ》げようとする手に抗わず身を任せながらも、逃げ道を請う。男は浅海のずるさを、微笑みで受け入れてくれた。

「君がそう望むのなら」

再び落とされる口づけ。

肩から消えるスーツの重さ。

気づけば男の首に腕をまわし、自らも熱い口腔を貪《むさぼ》っていた。

ベッドスプリングが、軋《きし》んだ音を立ててふたりぶんの体重を受けとめる。

触れ合う心地好さに男女の差はなく、肌に火を灯していく愛撫《あいぶ》は、己が受ける側である戸惑いなど頭を擡げる暇もないほど情熱的に快楽を呼び込む。

馴染《なじ》みのない骨ばった指で局部に触れられても、どうしても拭えない羞恥《しゅうち》のほかは、ただ深い悦楽しかなかった。さすがに後孔を暴かれたときには生理的な抵抗が先に立ったが、それも快楽のツボを的確に捕らえられてしまえば、もはや蕩《とろ》けていくばかり。肉体は悦楽《えつらく》のみを追いはじめる。

「は…ぁ、ん……っ」

熱い息が喉を震わせるのが怖くて、それがとんでもない声にかわる予感が怖くて、唇を噛む。

すると、肌のいたるところに濃い快楽を植えつけていた指が、そこに触れた。

「声を噛むな。傷になる」

唇を噛み締めてこらえる必要はないと唆《そそのか》されて、浅海はもどかしげに頭《かぶり》を振った。

「ゆきずりの相手に羞恥を感じる必要などない」

本能の命じるままに快楽に身をまかせればいいのだと言われる。答える間もなく、後孔に含まされた指が感じる場所を擦り上げた。

「あぁ……っ！」

途端、高い声があふれて、それがさらなる快楽の呼び水となる。後孔を探られ、それによって熱をためた欲望を口淫《こういん》されて、しなやかな背が撓《しな》った。

手を伸ばして、白い指に男の金髪を絡め取れば、それは想像以上になめらかに、指の間をすり抜けた。

もっとねだりたいのか、もうやめてくれと懇願《こんがん》したいのか、わけのわからぬ気持ちでその感触を愉しむ。悪戯な指は、小さく零れた笑みとともに制された。そして、欲望に絡む舌が、燻《くすぶ》る熱をいっきに頂へと押し上げる。

「ひ……っ、あ…ぁ、……っ！」

こらえる間もなく、男の口腔に欲望を吐き出していた。それを嚥下《えんか》する生々しい音が、荒い呼吸に混じる。余韻に震える腰を撫でる掌《てのひら》は熱く、じゃれるように絡む舌はこの先の行為への予感を滲ませる。

だが男は、性急に先へ進もうとはしなかった。

浅海に意識が朦朧《もうろう》とするほどの快楽を与えておきながら、自分は身体を起こしてしまう。

涙をたたえた睫毛を瞬き、視線を上げると、真摯な色をたたえたグリーンアイが、浅海を見下ろしていた。

「挿入行為だけが、愛し合い方ではない。その機能を持たない身体には、負担が大きい」

触れ合うだけでも快楽は得られるが、この先の行為には苦痛も伴う。

男が躊躇いを見せるのは、浅海が求めるのが、単純な欲望の解放ではないからだ。

だが、このときの浅海にとっては、すでにいまさらな確認だった。

肉体的に逃げられないところまで追い込まれ、精神的には、男の手をとった時点ですでに決着がついている。弟の気持ちを理解したいがために本当にここまでするのかなんて、そんな問いももはや意味がない。

「逃げ道はいらない」

掠れた声で、それでもきっぱりと告げて、腕を伸ばした。男の首を引き寄せる。

深く浅く絡み合う口づけは、思考を溶かし、肉体を弛緩《しかん》させる。

堅い筋肉におおわれた逞しい身体が、しなやかな腿《もも》を割る。狭間に、自分のものではない熱が触れた。

その存在感が恐怖心を呼び込む前に、狭い器官は圧倒的な熱によって征服される。全身を突き抜けた予想を上回る衝撃に、それまでなんとか冷静さを保っていた思考は、一瞬にして麻痺した。

「ひ……っ！」

ズッと、灼熱の杭《くい》が埋め込まれ、一気に最奥へと到達する。

それは、苦痛を長引かせないための気遣いだったのだろうが、同時に紳士的な男の内包《ないほう》する獣性を知らしめるものでもあった。

「あ……ぁっ、——……っ」

痛みはあったが、それ以上に衝撃のほうが強かった。

圧倒的な力に捻《ね》じ伏せられる恐怖は、通常支配する側にある男にとって、受け入れがたいもののはず。その恐怖が恍惚《こうこつ》にかわる瞬間があるなんてことは、組み敷かれてみなければわからない。

「ふ…ぁ、あぁっ！」

最奥を熱塊が穿《うが》つ。

そのたび全身を襲う衝撃と、脳髄《のうずい》を犯す喜悦。

喉を震わせる嬌声は、やがて己の羞恥心すら顧《かえり》みることなくあふれ、鼓膜を焼いた。

ぼんやりとした視界に映るのは、汗を滴らせる端整な相貌と、その中心で印象的に煌《きら》めくエメラルドグリーン。

繊細な動きを見せる指は肌のいたるところに火を灯し、情熱的な唇は濃い痕跡《こんせき》を刻みつける。

熱くて、苦しくて、けれどその奥に、これまで経験のない深すぎる快楽があった。

この恍惚は危険だと、思考の片隅でアラームが鳴っても手放せない、享楽《きょうらく》と呼ぶにふさわしい悦楽。

憧憬ならともかく、欲を伴った愛情なんて、理解できないと戸惑った自分。その浅海に、身体から引きずられることもあると男は言った。

感情が伴わなくとも欲望を解放できるのが牡の性質だと、自分も知っている。

けれど、支配され犯される屈辱と恐怖を凌駕《りょうが》する恍惚は、果たして肉欲だけで受け入れられるものだろうか。

弟の目は本気だと、男は言った。

感情の強さゆえに性別の壁を突き破ってしまうことも、ありうるのかもしれない。

「考えごとをする余裕がある？」

自信を失くしそうだと、苦笑とともに熱い吐息が瞼に触れる。

「違…う。熱くて……」

異性との行為では、経験のない熱さだった。

この向こうに真実があると、漠然《ばくぜん》と感じた。

どんな真実かなんて、説明はつかなくても、何かの糸口の存在を、このとき浅海はたしかに感じ取っていた。

この熱さの向こうにあるのが、嘘で塗り固められた闇だなんて、考えもしないことだった。

「あ…ぁっ、――……っ！」

はじめて見た頂《いただき》。

一度では許されず、男の腕のなかで、明け方まで享楽に殉《じゅん》じた。

求められるままに身体を拓《ひら》き、教えられるままに淫らな行為を受け入れて、これまで誰にも見せたことのなかった、自分自身ですら知らなかった、乱れた表情《かお》を曝した。

ゆきずりの、約束だったから。

二度と会うことはない相手のはずだったから。

なにより、男の見せた真摯な表情を、信じきっていたから。

アルコールに誘われた他愛ない嘘以上の嘘など、ないと思い込んでいたから。

何もかも嘘だなんて考えもしない愚《おろ》かな自分は、翌朝、隣で眠る男の瞼に口づけを落としてベッドを出た。「ありがとう」と、礼の言葉まで残して。


愚かとしか言いようがない。

過去に思いを馳《は》せながら、浅海は男の肉体の単純さを、まざまざと噛み締める。

ソファの背に投げたはずのネクタイが、いつの間にか床に滑り落ちている。スーツは無事なようだが、次からはちゃんとハンガーにかけようと、くだらない反省が思考を過る。

「……っ！　う…ぁ、あっ！」

上の空であることを敏感に感じ取ったのだろう、責めるように最奥を抉られて、浅海はシーツを掴む手に力を込めた。

寝乱れたベッドの上、獣の体勢で後ろから犯され、長時間に及ぶ責め苦に、鍛えた肉体も悲鳴を上げる。

「ずいぶんタフだと思えば……ＳＰだと報告を受けたときには笑ったよ」

肉体のみならず言葉でも、男は延々と浅海を苛《さいな》みつづけていた。あの朝、先に目覚めた浅海がベッドを出て行くのに、男は気づいていたらしい。

「き…さま……っ、く……うぁっ」

結合部からあがる、粘着質な厭《いや》らしい音が、行為の濃密さを知らしめる。

「この程度で足腰立たなくなるような君ではあるまい？　もう少し愉しませてもらいたいものだ」

「勝手な……っ、――……っ！」

罵る言葉は、ふいに体勢を変えられた衝撃で、喉の奥へと消えた。

上体を起こされて、背中を男の胸にあずけた格好で下から突き上げられる。

「……っ、う…く、は……っ」

胸を這う大きな手が思いがけず繊細な動きを見せて、苦痛を拭《ぬぐ》いとるかわりに、耐えがたい快楽を植えつける。

首筋に、熱い唇が触れた。

食い込む犬歯《けんし》の感触が、肌の上に細波《さざなみ》のような快楽を生む。

「あ……ぁ……っ」

喉を震わせるのは、快楽であってはならないのに。苦痛であってくれればどれほど…と己を呪いながら、肌に食い込む指の感触のひとつひとつからもたらされる眩暈に奪われそうになる思考を、懸命に繋ぎとめる。

あがく浅海を嘲笑《あざわら》うかのように、男は突き上げを激しくした。

「——……っ！」

思考が真っ白に染まる。

身体を突き抜ける衝撃と快感を、耐える術《すべ》などない。

「は…ぁ、……あぁっ！」

押し出される声の悩ましさに失望を覚えながらも、絶望してはいない。

首筋に噛み痕を残す男の唇から零れる嗤いを見過ごせるほど、浅海はおとなしい性格ではないのだ。

汗に濡れた肢体《したい》がシーツに投げ出される。

腰を押さえ込んでいた腕の拘束が解かれて、男の身体が退《ど》いた。

全身をおおう気怠《けだる》さと、荒い呼吸。身づくろいをするのももどかしく、乱れた髪を掻き上げる。視線を上げれば、傍らに腰を落とす男が、愉快そうな眼差しで見下ろしていた。

途端、胸に湧く不快感。

同時に、己の危機感知力——早い話が人を見る目に対する疑念が頭を擡げて、浅海はつい口を開いてしまった。

「何もかも、嘘だったのか？　お兄さんの話も……」

あの時計のいわれも、でっちあげだったというのか。

尋ねたところで詮無《せんな》いことだとわかっていた。だから、ふたりきりになっても、自らはあの夜のことに触れないでいた。

だが、肌を合わせたことでまざまざと蘇った記憶が、その後の弟との関係を含め、浅海に先のセリフを言わしめたのだ。

「さあ、どうだかな」

そう嘯《うそぶ》く男の手首に今、あの時計はない。

逮捕されたときに身につけていたものはすべて、証拠資料として保管されている。鑑識が調べたところ、男が身につけていたものには、スパイ映画さながらにありとあらゆる武器が仕込まれていたらしい。

そんな危険物を、私物だからといって本人の手元に戻せるはずもなく、男のために日本警察側が用意したのは、この部屋だけではない。身につける下着一枚にいたるまですべて借り物なのだ。

だがそれをありがたがるそぶりは、当然のことだろうが、男にはない。それどころか、借り物を放り捨てるがごとく、浅海を嬲《なぶ》っていた間に皺くちゃになったシャツを脱ぎ捨てる。

その様子に眉を顰《しか》めながらも、浅海はもうひとつずっと気にかかっていたことを口にした。もののついでというやつだ。どうせ深い意味のある事柄ではない。

「一夜の相手に本名を名乗るなんて、酔狂《すいきょう》にもほどがある」

だが、その言葉を聞いた男は、どういうわけか緑の瞳を瞬いた。

「なるほど、そういう考え方もあるか」

「……？」

考えるそぶりを見せる男を訝ると、緑の瞳が今度は悪戯な色を滲ませる。

「偽名を考えるのが面倒だっただけだ」

「ルークのいわれも？」

返されたのは、曖昧《あいまい》な笑み。

「睦言《むつごと》には適当な話だろう？」

ゆきずりだと言ったのは浅海のほうだったのに、すっかり信じ込まされていた。その事実にこそ意味があると、揶揄のこもった声で指摘されて、浅海は奥歯を噛む。

「いざとなったら消せばいいということか」

万が一その話が本当だったとして、そこから己の素性がばれるような事態が起きたときには、ゆきずりの相手など消してしまえばそれでいいと、軽く考えていたのだろうと吐き捨てる。

「マフィアは警官を毛嫌いするが、だからといってむやみに手を下したりはしない。保身にかかわる。もちろん、邪魔な存在には容赦しないが」

浅海がSPだと判明した時点で、むやみに手を出していい相手ではないと知れた。だからこそ、調べただけで、その後のアクションが何もなかったのだ。こんなことでもなければ、ふたりが再会することはなかっただろう。

「弟くんはどうしてる?」

話の流れで思い出したのか、先にされた問いを繰り返す。浅海がちゃんと答えなかったからだ。

「報告書を読んだんじゃないのか?」

全部調べたのだろう?　と面倒くささを隠しもせず返せば、口許に笑みを浮かべたまま、じっと視線を向けるだけ。

「……恋人のマンションに転がり込んだっきりだ」

根負けして、言葉を返してしまった。

メールの返事はくるから、完全決裂ではないが、ちゃんと顔を合わせて話をできないでいる。本当は相手の上司にも会いたいのだが、同じ組織にいても——いや、だからこそ、なかなかチャンスがない。

汗の引いた身体をひきずってベッドを出ようとすると、腕を捕られた。

「放せ。もう充分だろう?」

「本当にタフだな、君は」

腕を引かれて、抗う。細身に見えても、SPに選抜されるほど鍛え抜いた肉体はしなやかな筋肉におおわれて、自分より体格のいい相手だろうとも、怯むいわれはない。

「力でどうこうされるほど、ひ弱ではない」

「たしかに。卑劣《ひれつ》な手でも使わなければ、君を自由にすることは不可能だ」

「……っ」

なぜこの状況に陥っているのかを思い出して、唇を噛む。

だが、浅海のその表情を見ることが目的だったと言わんばかりにあっさりと、男の手は離れた。

「シャワーを浴びてくるといい。仲間には知られたくないのだろう?」

肌にまとった情事の痕跡《こんせき》を洗い流してくるといいと言われて、浅海は曝した素肌にシャツ一枚まとわず、そのままバスルームに向かう。

恥じらいなど、脅迫者に対して感じる必要はない。

たいした時間ではない。男が日本にいる間だけだ。

降り注ぐ湯音にかき消されて、奥歯を噛むギリギリと不快な音が、鼓膜の奥にこだまする。

無駄に広いバスルーム。

贅《ぜい》を尽くしたリネン類。

「税金の使い方が間違ってるだろっ」

壁を殴りつけるのも忌々《いまいま》しく、浅海は吐き捨てた。

3

來嶋《きじま》はきっと知っている。

神野《じんの》もたぶん、なにかしら感じているはずだ。

だがふたりとも、何も言わない。

浅海《あすみ》がルーファス・マクレランの警護について数日、この短い期間に男の要求に屈した回数など、もはや数えたくもない。しみじみと、己の肉体のタフさを恨みたい気持ちになる。

とはいえ、一日中ベッドの上にいるわけにもいかない。

男が浅海を抱くのは、ようするに暇潰しだ。安全が確保された空間で、今は待つしかない身となれば、時間を持てあますのも当然のこと。

この先、アメリカに戻ったあとは、法廷と留置所の往復の生活になるのだろうから、今のうちに好き勝手して、満たせる欲望を満たしておきたいとでも考えているのだろう。

マフィアのやり方を熟知しているためか、怯える様子はかけらもなく、それゆえ警護する側も、まるで男の態度に引きずられるように気がゆるみがちだ。

自分自身でそれを自覚して諌めるのはもちろんのこと、來嶋の目が光っているから、警護体制に隙が生じるようなことはないが、それでも生命の危険を伴った緊迫感が常にあるかと言われると、返答に困る状況だ。

状況分析をしつつ、空になったコーヒーのポットやらが載ったワゴンを押して部屋を出てくると、様子を見に来た來嶋と出くわした。

ドア横に和喜多《わきた》の姿しかなく、しかも肝心の浅海が室外にいる現状の説明を求められて、浅海は傍らの和喜多に視線を向けつつ、ため息で返した。

「今は神野とチェス対決をしています」

「チェス?」

來嶋が、らしくない頓狂《とんきょう》な声を上げる。ルーファスとチェスが結びついても、神野とは結びつかなかったようだ。

警察庁キャリアである神野の兄をよく知る來嶋は常々、外見はそっくりなのに中身が正反対だと兄弟を評している。そんな來嶋だからこそ、兄はともかく弟がそうしたインテリな趣味を持ち合わせているとは思いもよらなかったらしい。

「和喜多では相手になりませんでしたので」

ゲームの相手を請われて、まったくその手の知識のない浅海は、同僚を推薦した。まずは一番若手の和喜多が対戦したのだが、まさしく瞬殺という表現にふさわしい惨敗《ざんぱい》ぶりだった。

「……将棋なら負けませんよ」

ふたりの会話を聞いていた和喜多が、むくれたように言い訳をする。

「似たようなものだろう?」

どちらも嗜まない浅見には違いがわからないのもあって、どっちでも勝敗は変わらないだろう? と軽く言ったら、

「違います!」

小さな子どものようにムキになって返された。負けず嫌いなのはいいが、だったら勝ってこいと言いたい。

「勝負は?」

部下たちのやりとりを聞いていた來嶋が、肝心の神野が善戦しているかと問う。

「さあ? 自分はチェスがわかりませんので」

浅海は、チェスどころか将棋も碁もよく知らない。幼いころに弟たちと一緒に遊んだオ

セロゲームがせいぜいだ。

「ふむ」

興味を惹かれたらしい來嶋が、部屋のドアをノックする。

ワゴンをホテルのスタッフにあずけて、自分も部屋に戻ると、ひとりがけのソファで悠然と足を組んでコーヒーを口に運ぶルーファスと、その向かいの椅子で膝に両拳を乗せ微妙な顔でチェス盤を睨《にら》む神野の姿があった。

ちょうど勝負がついたところだったらしい。

勝敗は、ふたりの表情を見れば、訊かずともわかる。

「私が代わりましょう」

チェス盤を覗き込んだ來嶋が、「いい勝負だったようで」と苦笑を零した。上司の無言の圧力に、神野が渋い顔で腰を上げる。

「チームの指揮官じきじきに手合わせ願えるとは」

來嶋の余裕の表情だけで手ごたえを感じたのか、口許に楽しげな笑みを浮かべて、長い足を組みなおす。

一方、チェスを挟んで向き合うふうたりに背を向けた神野の表情をうかがって、浅海はやれやれとため息をついた。

「……何気に負けず嫌いだよな」

「……」

睨み返す神野の目が「ほうっておいてくれ」と訴えている。この男がそんな表情を見せるのも、これまでなかったことだ。

とくに、前回の任務で恋人をえてからというのも、神野のポーカーフェイスが崩れやすくなっている。正面きって惚気《のろけ》られる以上にわかりやすいが、今回の任務が終わらなければ、本当の意味で安堵することはできないはずだ。神野の恋人の命を狙っていたのは、ほかならぬルーファス・マクレランなのだから。

「そういえば」

この場を浅海と來嶋に任せて部屋を出て行こうとする神野の背に、ルーファスの声がかかった。

「傷の具合はどうだい？」

それなりに長い時間チェスで対戦しておきながら、いまさら問うことでもあるまいに。

しかもルーファスは、來嶋と指《さ》し合うチェス盤に視線を向けたまま、その緑眼に神野を映そうともしていないのだ。

「綺麗に急所を外して撃ち抜いてくださったおかげで、今こうして仕事に復帰できています」

　嫌味以外のなにものでもない問いかけに、神野は眉間に皺を刻みながらも努めて淡々と返す。感情を抑えつつも、その奥に、わかるものにはわかってしまう不愉快さが滲むのは、前回の任務に彼の大切な存在がかかわっているからにほかならない。

「そういう君もね。ＳＰより特殊急襲部隊《ＳＡＴ》の狙撃手にでもなったほうがいいんじゃないか？　ああ……ＳＡＴには年齢制限があったっけ？」

　日本警察の誇る対テロ特殊部隊には、その任務の性質上さまざまな取り決めや制限がある。隊員に選ばれれば、組織図から名前が消され、今どこに所属しているのか限られた人間にしかわからなくされる。家族にさえ所属を明かせなくなる。隊員の年齢制限も、そうした決まりごとのなかのひとつだ。

「なんにせよ、エセルバート・ブルワーの出演作品が今後もかかわらずに観られるのは喜ばしいことだ」

　ドラマの続編を楽しみにしているんだ…と、自分が何をしたのか完全に棚上げして平然と言う。その態度に、それまで懸命に感情を抑えていた神野が、耐えかねた様子で声を荒げた。

「貴様……っ」

だがそれは、上司の一喝によって瞬時に制される。

「神野」

來嶋の低い一声で冷まされたのか、神野はぐっと拳を握ると、一礼をして部屋を出て行った。

ドアの閉まる音を聞いてやっと、ルーファスは顔を上げる。神野が出て行ったドアに向けたその視線の途中にたまたま立っていた浅海を捉えて、ニヤリと口許に笑みを刻んだ。

食えない男だという印象が、より強くなる。

浅海は表情を引き締め、眼差しに力を込めた。そんなものに動じない男は、悠然とチェス盤に視線を戻す。

「よく躾《しつ》けられている。指揮官の器量がわかるというものだ」

「お褒めいただき光栄です」

嫌味の応酬もお手のもの。この手の駆け引きは來嶋に任せるに限る。自分たちはあくまでも一SPにすぎない。

ふたりの表情は変わらない。ゲームに集中しつつも、周囲の状況を把握する余裕がともにあるようだ。

「チェックメイト」

やして、王手を告げたのは、來嶋だった。

「負けた」

肩を竦め両掌を天井に掲げた芝居がかった仕種《しぐさ》で、ルーファスが負けを受け入れる。だがその表情には、少しの悔しさも滲んでいない。

「あなたが改悛する気になってくださってよかった」

何を思ったかそんな感想を述べた來嶋も、勝ちを特別喜んではいなかった。

「では、私はこれで失礼します。——が、あまり部下を困らせないでいただきたいものです」

腰を上げた來嶋は、緑眼を見据えて最後にチクリと釘を刺す。それにヒヤリとしたものを感じたのは、むしろ浅海のほうだった。

「犯罪は、バカではできんということだ」

微妙な表情を曝したつもりはなかったが、浅海の脇を通りすぎるとき來嶋がそんな言葉を残したのは、先の改悛云々《うんぬん》発言の意味を訝っていたと思ったためだろうか。そうであってほしいと願ってしまうのは、來嶋が何も感づいていなければいいと無駄な期待をしている自分の深層心理によるものか。

チェスは頭を使うゲームだ。戦闘指揮訓練にも使われるという。

どうやら対戦したことで來嶋は——神野もだろうが——ルーファス・マクレランという犯罪者がいかに侮《あなど》れない存在かを、いまさらながらに痛感したらしい。

暗殺者でありながら、組織の中核に食い込んでいた男。

殺人手腕《しゅわん》とともに頭脳戦においてもその力量を発揮していたに違いない。

マフィアは血の繋がりを大切にするが、名を売るためにはその力量を示さなければならない。一番手っ取り早い方法が、目ざわりな存在を手際よく抹殺してみせることだ。逆に言えば、それなりの力量を示しさえすれば、根なし草であってもファミリーに名を連ねることが可能だ、ということになる。ルーファス・マクレランは後者だ。

「頭を使ったあとは、身体を動かさなければな」

身体がなまってしまうと、茶化した口調とともに意味深な視線を向ける。

無視していたら、腰を上げた男がすぐ前に立った。目の前に、憎たらしい笑みを刻む端整な唇がある。

「侑《ゆう》」

名を呼ぶ低い声は、あの夜と変わらない甘さを孕んで、浅海の眉間に皺を刻ませる。

「……昨日もお相手しました」

充分満足しているだろうと拒絶の意を見せても、サラリと流されるだけだ。

「それほど枯れてないものでね」

顎を掴まれ、顔を上げさせられる。

落ちてくる唇に噛みつきたい衝動を、拳を握って耐える。

まだ午後のお茶の時間をすぎたばかりだ。夕食の時間までは、どんな助け舟も期待できない。


その日、午前のまだ早い時間に部下を連れて姿を現したのは、思いがけない人物だった。

來嶋の常からの言葉通り、本当によく似ていると、どうでもいいことに関心してしまう。

神野の兄、神野将《まさる》は警察庁警備局の肩書を背負って、ルーファス・マクレランに面会を求めてきた。

だが、浅海はもちろん神野も和喜多もほかの同僚たちも、SPは全員外に出されてしまって、なかでどんな話がなされているのかわからない。同席しているのは來嶋だけだ。

傍らで神野が、眉間に深い皺を刻んでいる。

基本的に表情筋に乏しい男だから、ただ黙《もく》しているだけあっても不機嫌そうに見えるのだが、今は本当になにか訝っている様子だ。

「神野？」

なにか気にかかることがあるのかと問えば、ますます険しい表情で口を引き結んだ。

來嶋と神野兄の関係もたいがい謎だが、神野兄弟の関係もいまひとつ釈然《しゃくぜん》としないものがある。浅海自身、男兄弟のなかで育っているから余計だ。

なぜこの時期に警察庁が出張ってくるのか、しかも向こうから出向いてくるのか、疑問に思っているのは神野だけではない。そもそもルーファス・マクレランの処遇には、イレギュラーがありすぎる。

だがそれを問うのはSPの仕事ではない。上にはなんらかの考えがあるのだろうし、警察庁のとなると、政治的な問題まで絡《から》むから、一介の警察官には推《お》し量ることすら難しい場面も多い。

「何を企んでるんだ」

ボソリと零れた言葉は、浅海の予想から大きく外れ、どうやら弟から兄に向けられたもののようだった。

「……神野？」

浅海の問う声に、らしくない顔で我に返った神野は、「なんでもない」と言葉を濁す。

だがすぐにまた厳しい表情でドアを見つめて、今度はハッキリと浅海に向けて疑問を口にした。

「あいつは、本当に命を狙われているのか？」

「……え？」

「なぜああも落ち着いていられる？」

「組織的に何か企んでいるというのか？」

改悛するとみせかけて、報復を恐れるふりで、当局の目を眩まそうとしていると？

先の呟きは、やはりルーファスに向けたものだったのかと問えば、神野は「いや……」とまたも言葉を濁した。あれはあれで、兄に向けたもので間違いないようだが、それと今の発言とが、神野のなかでどう結びつくというのか。

「あれくらい腹が据わっていなければ、マフィアの幹部など務まらんということか」

疑問を投げかけておきながら、自分のなかで結論づけるかに呟く神野の横顔を、浅海も厳しい表情で見据えた。

それもたしかに一理ある。

しかし、それだけでもないように、浅海自身も感じていた。

だがそれは、自分が逮捕以前にルーファスと接触があるために、見え方が違ってしまっているのかもしれないと懸念《けねん》していた問題でもあった。

神野の呟きを聞いて、自分の感覚にずれがないことを確認はできたが、それだけだ。ルーファス・マクレランという男を信用していいのかと進言《しんげん》したところで、上が動かなければどうにもならない。

「たとえそうだとしても、日本を出たあとのことまで、俺たちは関与できない」

組織に属する立場で、できることは限られている。悔しいがそれが現実だ。

SPという職種の特性を理解した上で自ら希望した以上、それについてどうこう言う気は、浅海にはない。

神野は、頷くでもなく、ただ黙した。

部屋のドアが開いたのは、二時間ほど経ってから。その後、來嶋から告げられた命令内容を、浅海も神野もほかのメンバーも、訝らないわけにはいかなかった。

「現場検証？　いまさら？」

「正気ですか？　どこからどう狙われるかわからないんですよ？」

ルーファス・マクレランを、ホテルから連れ出すというのだ。

マフィアの報復を恐れる状況で、外出など無謀《むぼう》だ。しかも行き先は、神野とルーファスが撃ち合った公園をはじめとして、マフィア一味が日本での活動拠点としていたアジトなど、危険極まりない場所ばかり。

「本人は応じたんですか？」

「彼に拒否権はない。それによって刑が軽減されるのだからな」

だがそれは、アメリカに戻されたあとの話ではないのか？　日本の法律で男を裁くわけではないのだ。

なのに警察庁の人間までもが立ち合って、いったい何を調べるというのだろう。

警察はイレギュラーを嫌う組織だ。すべてに決められた流れがあって、それに沿って正しく物事を進めなければならない。

だというのに、ルーファス・マクレラン絡みで下される命令はどれも、イレギュラーなものばかりだ。すでにそれを訝っていた浅海と神野は、より疑念を強める。チームの主軸であるふたりのその反応に、ほかのメンバーも引きずられるように困惑を深めた。

上はいったい何を考えているのか。米当局との取り引きをより有利に進めるための材料でもつくりたいのだろうか。——いまさら？

さまざまな疑問や疑念が、一同を包む。それを鋭く察した來嶋が、表情を険しくした。

「我々の任務は、警護対象者を守ること。それだけだ。捜査に口をはさんだり、警察庁の方針に異を唱えることではない」

來嶋の苦言に、一同が口を噤む。

「周辺は機動隊によって封鎖される。全員ボディアーマーを着用の上、拳銃携帯。——以上だ」

命令は、絶対だった。


都心に残された緑地に、風が吹き抜ける。

広大な公園だが、周囲をぐるりと取り囲むビルがどれも高層であるために、天を仰げばまるで落とし穴の底から空を眺めている気持ちになる。

「恐れ入ったな、ここから撃ったのか」

神野がライフルを構えた場所に立って、ルーファスはそんな感嘆《かんたん》を漏らした。

ルーファスはビルの屋上から、それに気づいた神野は地上から、ライフルのスコープ越しに互いを狙って引鉄《ひきがね》を引いた。その行為を、神野の兄はライフルを使った「タイマン」と称したらしいが、まさしく言いえて妙だ。

「減音器《サプレッサー》をつけていたのに……どうやって方角を割り出した？」

「知らん」

ルーファスの問いかけに、恋人の命を狙われた神野は、答える義務などないとばかり素《そ》っ気《け》なく返す。

一般的に消音器《サイレンサー》と呼ばれる減音器《サプレッサー》は、ドラマや映画の演出効果のように、完全に銃声を消すことはできない。消音ではなく、正しくは減音なのだ。だから、狙撃そのものを悟らせないことは不可能で、ではなぜ減音器を装着するのかといえば、そうすることで発射角度――どこから撃っているのかが判然としなくなるからだ。

だのに神野は、ルーファスの腕を撃ち抜いた。

いったいどんな神業を使ったのかと、訝る気持ちもわからなくはない。

「つれないな。――なるほど、愛情のなせるわざ、ということか」

その軽口に、神野が冷ややかな視線を向ける。

だが、そんなものに怯むはずもない闇世界の元住人は、口許に食えない笑みを刻み、

「彼を撃たなくてよかった」などと嘯いた。

あの時点で、神野とエセルバート・ブルワーの関係に気づいていたのは、限られた身近な人間だけだったというのに、神野の態度から察したとでもいうのだろうか。それとも、狙撃の時点ですでにそうした情報を持っていたのだろうか。

「暗殺指令はボスからか？　それとも最高幹部会《コミッション》からか？」

「そういう話は法廷でお願いしたいものだな」

組織《ファミリー》の長《ボス》から命じられたのか、地域のファミリー全体を管理する上部組織《コミッション》からの命令なのかという、立会人の慇懃《いんぎん》な問いに、気分を害したというより小馬鹿にした口調でルーファスが返す。

この状況にあっても、男の余裕は揺らがない。それは、マフィア組織のアジトとして使われていた屋敷に場所を移してもかわらなかった。

ルーファスが逮捕された時点で、証拠隠滅を図った上で引き払われたらしく、それらしい痕跡は残されていない。だが、破壊されたパソコンなどの通信機器や、一部爆破された武器庫と思しき倉庫など、ただの廃屋《はいおく》と呼ぶにはふさわしくない痕跡はそこかしこに残っている。もちろん、直接ガローネ・ファミリーに繋がる証拠などないけれど。

「ここは主に薬物の取り引きに使われていた場所だ」

「覚醒剤《かくせいざい》か？」

「いや、ヘロインベースだ」

「大麻は？」

「日本ではイラン系の密売組織が幅を利かせているからな。住み分けは必要だ」

手順を追って担当者が尋ねるぶんには、ルーファスは滞りなく口を開く。どこで話しても問題のない程度の内容なのかもしれないが、情報の重要度はＳＰである浅海たちには測れない。

周囲への警戒を怠ることなく、一連の様子を見つめていた浅海は、ルーファスの視線がほんの一瞬、自分の後方へ向けられたのを鋭く察した。浅海に微笑みかけるかに装って、そのエメラルドの瞳は、もっと広範囲の情報を捉えようとしている。

浅海の背後には、來嶋と、そしてこの場を取り仕切る立場にある、神野の兄。ふたりは、少し離れた場所から、この状況を見守っている。

そもそも一番の謎は、來嶋の背後にある——今は傍らに立つ、警察庁警備局の存在だ。なにもかもがイレギュラーな今回の任務において、これ以上のイレギュラーもない。

そして浅海は、視界の端に立つ神野が、自分同様背後に——來嶋の傍らに立つ彼の兄にそれとなく意識を向けていることに気づいた。

神野は、「何を企んでいるのか」と、兄の行動を訝っていた。ルーファスの身柄を楯に警察庁が何を企んだとしても、浅海は知る立場にない。

視線の先の男は、すべて知った上で、すべてわかった上で、今こうしているのだろうか。

そんなことを思いながら、浅海の視線が引きつけられる先は、ルーファスの両手首を拘束する手錠。

罪の証であるそれの重さを、あくまでも澄みきった男の瞳は感じさせない。

己の犯した罪の重さを理解しない犯罪者は多いが、そうしたふてぶてしさとも種類の違う、それは何がしかの余裕……いや、強い意思のようなものだ。

組織を裏切ることが、ルーファス・マクレランにとってそれほどの意味を持つのか。だがそれがあきらかにされるのもきっと、法廷においてのみなのだろう。


急遽決《きゅうきょ》まったスケジュールだったためか、おおかたの予想を裏切って——何もなければそれにこしたことはないのだが——一行は無事ホテルに帰着した。

「闇雲に襲えばいいというものではないからな。見せしめならなおのこと、ルールに則って処刑しなければ意味がない」

目には目を、歯には歯を。

『沈黙の掟《オメルタ》』に記された規律をやぶった者には、見せしめのために、そうとわかる印が刻まれる。機密を漏らした者は口に銃弾を撃ち込まれ、証拠隠滅が基本のマフィアにありながら、死体は消されずわざと残される。

知識として知ってはいても、決して気持ちのいい話ではない。それを、狙われている本人の口から聞くのだからなおさらだ。

「怒ってる？」

「能天気な方だと呆れているだけです」

緊張感のない自分の態度に怒っているのだろう？　と訊かれて、浅海は自分とルーファス以外の面子が部屋にないのをいいことに、いつになくぞんざいに返した。

「言うね」

クックッと喉を鳴らして男が笑う。

ＳＰとしての顔を崩そうとしない浅海から、まるでゲームのように素の表情を引き出しては愉しんでいる。

それに気づかないわけではないが、こちらも人間だ。言葉を繕う気にならないときもある。——今のように。

「君らだって、最悪の事態を想定して動いているはずだ」

現場に立つ浅海たちはともかく上層部は、死体でなければいい程度にしか考えていないはずだと、まるで他人事のように言われて、浅海は以前にも口にした気のする言葉を返そうとした。

「簡単に死なせはしません。そう申し上げた——」

返す言葉は、その途中でノックの音に阻まれる。

硬質なそれが、いくばくかの焦りを内包していることを鋭く察して、浅海は表情を引き締めた。

「なんだ？」

ドアを開けると、神野が眉間の皺を常より深くして立っている。

その一歩後ろに和喜多が、一辺が三十センチ前後のダンボール箱を手に、やはり厳しい顔で控えていた。

「お届けものです」

「……？　この部屋宛に？」

ありえない。

この部屋は公費で用意されたものだが、ホテル側にも誰が宿泊しているのか、情報開示はされていない。どこからか情報が漏れたのでなければ、ルーファスがここに宿泊していることが、外部に知れるわけがないのだ。

「今回ばかりは、無駄に金のかかったホテルに宿泊していて助かった」

「フロントで止められたんです」

神野の言葉の意味を問う前に、和喜多がそれをフォローする。

見れば、箱はすでに梱包《こんぽう》が解かれている。危険は排除済みではあるものの、これが届いた事実そのものが問題だと報告しているのだ。

「悪いな。連絡を入れる余裕がなかった」

「……なに？」

交代での休憩から戻ってきたところを、フロントマンに呼びとめられ、その場で対処を余儀《よぎ》なくされたらしい。

「爆発物処理班を呼んでいては間に合わなかったので、中庭で自分が解体しました」

そう言って開かれた段ボール箱のなかには、あれこれ仕掛けの施された爆弾の残骸。和喜多の説明によれば、電波が干渉《かんしょう》することも考えられたため、解体し終わるまで無線を使うわけにはいかなかったのだという。

「安易に開封すると、ドカン！　ってやつです」

和喜多はこう見えて化学畑出身だ。爆発物に関する知識は、専門家並みに持っている。

就職時に、科警研《かけいけん》で爆発物の研究をするかSPになるかで悩んでSPを選んだという、いかにも來嶋が興味を惹かれそうな、チーム随一《ずいいち》の変わり種なのだ。

「ホテルを移ったほうがいいな」

「そのことで今――」

神野の視線が自分の背後に向けられなければ、気づけなかった。完全に気配を消されていた。いつの間にそこに立ったのか、ルーファスが浅海のすぐ後ろから、和喜多の手のなかのダンボール箱を覗き込んでいる。

「……っ！　ルー……ミスター・マクレラン！」

「ふうん？　ちゃちな仕掛けだな」

浅海の肩を後ろから抱くように体重をあずけ、和喜多が解体した基盤《きばん》のひとつを摘《つま》み上げる。しばし眺めて、ぽいっともともとあった場所に放り捨てた。

「マフィアの好む手だ。驚くことはない」

顔を見合わせる三人に背を向けて、まったく頓着のない様子でソファに戻ってしまう。

「移動する必要はない」

三人のやりとりを聞いていたのか、ホテルを移る必要はないし、移りたくないと言う。

その呑気ともとれる反応が、浅海にはどうしても疑問だった。同じことを、後ろの神野も和喜多も、思っているはずだ。

「怖くはないのですか？」

まったく恐怖を感じないなんて、ありえない。たとえマフィアの手口を熟知していたところで、いや、だからこそ、底冷えするような恐怖を感じていいはずだ。

本当に改悛する気があるのか。

ただ、出国のときを待っているだけではないのか。

そんな疑惑さえ湧いてくる。

するとルーファスは、めくっていた雑誌をつまらなそうにテーブルに投げて、落ちかかる金髪を掻き上げた。

「君たちが守ってくれるのだろう?」

そんな心配は、自らの存在意義を貶めるものでしないだろうと、揶揄のこもった声音《こわね》で言う。そんな大前提の話をしているのではないと浅海が返すのを遮るように、男は言葉を継いだ。

「どれほど警戒していたところで、やられるときはやられる」

そういうものだと、達観した反応を見せる。

背後の和喜多が、ゴクリと唾を呑み込んだ。神野はただでさえ深い眉間の渓谷を、さらに深める。

浅海は、ぐっと拳を握った。

「そう簡単に死なせはしない」

さきほど言いかけて、皆まで言いきれなかったセリフを再度口にする。

SPの面子にかけて…なんて、くだらないプライドを持ち出すつもりはない。グリーンアイの奥に垣間見える、余裕と諦念《ていねん》をないまぜにした複雑怪奇な感情の理由など知れない。

それでも、守るのが浅海の——SPの任務だ。

「絶対に守ってみせる」

その声は、自身が驚くほど、決意にあふれていた。

グリーンアイが、わずかに細められる。

「それはたのもしい」

そんな言葉を紡ぐのは、芝居かがった笑みをたたえた端整な唇。

腹の底の見えない男の瞳をじっと見据える。浅海のかもす空気を、神野は静かに見守っていたが、和喜多は怪訝そうに眉根を寄せた。

そこへノックの音。

ドアは開いているから、ただ確認のために鳴らされたにすぎない。一同の意識がそちらに向いた。

睨み合うように互いの瞳の奥を見据えていたふたりは、やっと絡んだ視線を解く。こんなきっかけでもなければ、何時間でもこうしていたかもしれない。

現れたのは、神野の兄だった。後ろに來嶋の姿もある。

ルーファスの傍らに歩み寄る途中、和喜多の抱えた爆弾の残骸を一瞥《いちべつ》する。その顔は、わずかな驚きさえ浮かべていない。

「ホテルは移動したほうがいいか？」

「いや、このままでいい。おたくらも面倒だろ？」

「君に死なれてはもともこもない」

「死体でなければいいとも言うな」

來嶋経由で爆発物に関する報告が上がっているのだろう、神野兄はルーファスの向かいのソファに腰を下ろすと、まずはうかがいを立ててきた。だが、ルーファスがなんと答えるか、そもそも予測がついていたかに見える反応だ。來嶋も、安全確保のための移動を提案しない。

「もうひとつ報告だ。ガローネ・ファミリーの構成員と思しき死体が上がった。二体だ」

たったいま入った報告らしい。神野兄の言葉に、ルーファスはめずらしく眉を反応させる。グリーンアイがスッと細められた。

浅海も神野も和喜多も、息を呑む。

「東京湾《とうきょうわん》か？」

「いや、多摩川《たまがわ》だ」

神野兄が胸ポケットから取り出したのは、数枚の写真。現場検証の証拠写真だ。当然遺体を写したものもある。それを、ルーファスは平然と取り上げた。

「背中に二発……こっちは腹か。ひどい腕だな。眉間なら一発ですむ。弾の無駄遣いだ」

淡々とそんな感想を述べて、興味が失せたとばかり写真をテーブルに放った。それを、神野兄の傍らに控えていた來嶋がまとめて手に取る。

「髭面《ひげづら》のほうがドメニコ・ジベッリ、もうひとりがウーゴ・ベッテガ。どっちも下っ端だが、それでもファミリーの一員だ」

「刑事部から上がってきた報告とは名前が違うな」

「そっちは偽名だ。FBIに問い合わせればわかる。やつらはちゃちな犯罪をいくつも繰り返していたからな」

そうさせてもらおうと頷いて、神野兄は來嶋から受け取った写真を、胸ポケットにしまった。

「仲間割れをしたか、君に追従《ついじゅう》しようとして消されたか。いずれにせよ口を封じることに必死になっているとみえる」

いる」

「『沈黙の掟《オメルタ》』は絶対だ。掟破《おきてやぶ》りの先に待つのは死のみだと、ぺーぺーの兵士でも知っている」

「見せしめということか？」

「でなければ、死体など残さない」

あの死体は明日の自分の姿かもしれないと、ルーファスは淡々とした声で、飄々とした顔で、恐ろしいことを平然とのたまう。ふたりの会話を聞いていた浅海は、眉間に皺を寄せた。

そんな浅海にチラリと視線を寄こしたものの、緑眼はすぐに向かいのソファに座る神野兄に向けられる。

「その報告のためにわざわざ？」

警察庁は頭脳であって実働部隊ではないだろうにと、茶化すように言う。神野兄は不快感を露わにするでもなく、それどころか口許にほんのわずかではあるが愉快そうな笑みさえ浮かべて、もう一度胸ポケットに手を入れた。

「ご希望の褒美《ほうび》だ」

取り出したものを、ローテーブルの真ん中に置く。わざわざ訪ねてきたのは、先の報告もあったがそれはついでで、今日の現場検証への協力を労《ねぎら》うためだったらしい。

「聞き入れてもらえるとは」

珍しく、いくらか感嘆のこもった声で、ルーファスが応じる。そして、テーブルに置かれたものを手に取った。

「調べたところ、これには武器も通信機も仕込まれていないようだったからな」

神野兄の手からルーファスに渡されたのは、あの時計だった。

亡兄の形見だと話した、あの無骨な腕時計。

受け取ったそれを、ルーファスはさっそく腕にはめる。バーで出会った夜、スリーピースを着てインテリビジネスマンを気取っていた男には不似合いだったそれは、髪を下ろしラフな格好をした今の彼には、奇妙なまでにしっくりと馴染んだ。

一連のやりとりを、浅海は静かな驚きとともに見守る。

要望があれば聞き入れようと言われて、ルーファスがなにより一番に希望したのが、あの時計を手元に取り戻すことだった、というのか。

「退屈だろうが、もうしばらく我慢してもらう。来週半ばには、なにかしらの動きがあるはずだ」

移送の調整は順調に進んでいると経過報告を残して、神野の兄は腰を上げる。

「摘発の準備が進んでいるということか？」

本国アメリカで、ガローネ・ファミリー摘発の準備が進んでいるのかと、入国時の安全確保が保証されてからの移送になるのかとルーファスが尋ねる。神野兄は、「さあ？」とわかりやすく惚《とぼ》けた。

「それは言えんな。そもそも、私の知るところではない」

「それもそうだ」

自分の置かれた立場と与えられた情報に納得したのか、ルーファスは頷いてソファに背を沈ませる。

「失礼する。——それは科捜研へまわしたまえ」

退出するとき、和喜多が手にしたダンボール箱を一瞥して指示を出し、來嶋を伴って神野兄はドアの向こうへ消えた。

ダンボールを抱えた和喜多と、それから神野も、そのあとを追う。ドアの閉まる音を聞いて、浅海は男の傍らに立った。

腕時計をはめた手首を右手でさすっていたルーファスが、顔を上げる。緑の瞳ではなく腕にはめられた時計に視線を吸い寄せられたまま、浅海は呟きを落とした。

「その時計……」

「ん？」

訝る表情から浅海の疑念を読み取ったルーファスは、口許に嫌な笑みを浮かべる。

「こういう小物類は、使い慣れたものじゃないと、しっくりこないからな」

こちらが何を問いたいのか、わかっていながらはぐらかす。その軽い口調の奥にあるものを探り出したい衝動に駆られて、浅海はさきほどは告げるのを躊躇った言葉の先をつづけた。

「それだけの理由か？」

物に執着するタイプには見えない。たしかに使い慣れた物のほうが使い勝手がいいというのはわかる話だが、男の置かれた状況を考えても、時計の使い勝手などさして問題にならないはずだ。この先ルーファス・マクレランの生活は、すべて連邦当局によって管理されることになるのだから。

「ほかになにが？」

さらに追及する言葉を探しあぐねていると、ポットに用意されていたコーヒーを飲み干した男が、当の腕時計を確認して「もうこんな時間か」と呟く。時刻もしっかり合わされているようだ。

「今晩は和食が食べたいな」

「和食？」

唐突《とうとつ》な要望は、浅海の追及をかわすためのものではなく、単純に腹が空いたと訴えるだけのものらしい。その声には、さきほどまでのような含みもはぐらかす語調もない。

「ホテルの贅沢《ぜいたく》な料理は食べ飽きた。ああいうのは、たまのことだから美味く感じるんだ」

それは真理だが、全部税金なのに…と思うと、同意しかねるのはなぜだろう。ありがたく食べてほしい気がするのだが……。

そんな、浅海の常識人発想を嘲笑うかに、ルーファスは呑気も極まる発言をつづける。

「日本の家庭料理がいい」

そんなもの、ビジネス街の定食屋にでも行けば、いくらだってありつける。日本がはじめてというわけでもないのに、いまさらなにを言っているのか。

そんな気持ちで聞き流していたら、ふいに話題がこちらに向いた。

「君はどんなものを弟たちに食べさせていたんだ？」

「……は？」

ふたりきりなのもあって、思わず気の抜けた反応をしてしまう。

「君は母親代わりでもあって、歳の離れた弟たちにいつも手料理を食べさせていたと言ってなかったかい？」

今日は一日、いつも以上に人の出入りが多かった。外出時の緊張感も半端《はんぱ》ではなかった。そんな、いってみれば完全に仕事モードの思考になっているときに、あの夜に話して聞かせたことを持ち出されて、早い話が精神的防御が遅れた。

忘れたつもりになっていたあの夜の記憶が、急速に巻き戻される。停止ボタンを押そうにも、そのボタンが見つからない。

ベットにこもる熱は冷えはじめていた。

それを惜しむように、肌を寄せ合っていた。

――『弟がそんなに可愛いかい？』

――『もう家族はあいつらだけだから。生意気で手を焼くことも多いけど』

――『まるっきりお母さんだな』

――『父親役より母親役を要求される場面のほうが多いんだよ。少し歳が離れてるからかもしれないけど』

――『ご飯つくったりとか？』

――『弁当もね。子どもの喜びそうな可愛いやつ。本買ってがんばったな。とくに下の弟のときは、ママたちの間でそういうのが流行《はや》ってたから』
そんな話をする間、ルークはずっと浅海のサラリと癖《くせ》のない髪を撫でつづけていた。
腕枕で男の鼓動を聞きながら、この先きっと誰に語ることもないだろう、想い出話を吐《と》露《ろ》した。
――『美味しそうだ』
――『どうかな。ただの家庭料理だよ』
――『君の弟くんが羨《うらや》ましいよ。私は、家庭の味というのがどういうものなのかすら知らない』
――『ルーク……』
家族の話をしているのに、どこか非現実的だった。男に抱かれた余韻が、肌をおおっていたからかもしれない。燻《くすぶ》りつづける熾火《おきび》は、触れる肌を通して男に伝わっていた。
――『え？　ちょ……、また？』
広い胸の上に身体を引き上げられ、首筋に鼻先を埋められて、戸惑う声が掠れた。
――『やっぱり、朝まで寝させないことにする』
それからまた、知ったばかりの熱に翻弄《ほんろう》されて、朝を待たずに意識を飛ばした。
思い出すのも恥ずかしい、甘ったるい記憶。

護衛について以来、口を噤むことと引き換えに何度も男に抱かれて、きっかけとなったバーでのやりとりを思い出すことはあっても、ピロートークでしかない会話は、深い場所へ押し込められて、掘り起こされることはなかったのに。なぜいまになって、こうも鮮明に記憶が巻き戻されるのか。

「ホテルの厨房にそういったものを期待するのは難しいと思いますが……」

口中が乾くのを感じながら、かろうじて言葉を返す。

「そうか。残念だ」

いつも通り適当に…と言うので、フレンチよりはいいだろうと、和食を適当に見つくろってオーダーする。

届けられた新しいポットからコーヒーを給仕したとき、男がさきほどローテーブルに放り出した雑誌が目についた。こういったものをついつい片付けてしまうのは、弟たちの面倒をみてきたある種の弊害《へいがい》かもしれない。

放り出したときにたまたまこのページが開いたのか、それとも男が読んでいたページが開かれたままなのか、さすがにそこまで気に留めていなかったが、目に飛び込んできたのは、さるフランス人パティシエのインタビュー記事。日本人の夫人とともに、写真に納まっている。

そういえば…と思い出す。

亡兄の婚約者が日本人女性だったと、あの夜ルークは話していた。その婚約者からの紹介で、日本女性と付き合ったこともあったと……。彼の兄が亡くなったあとその婚約者がどうしたのかまでは聞いていないが、和食などと唐突に言いだしたのは、この記事を見て亡兄を思い出したからでは……。

「お兄さんは事故だったのですか？　それとも――」

雑誌を片付けながら、黙っているのも苦痛で、深く考えずに口にしてしまった。自分が先に反芻《はんすう》した記憶に囚われていることを、返された言葉で痛感させられる。

「――信じてないいんじゃなかったのか？」

「……っ」

手が止まった。

それを見逃すような男ではない。

ふっと口許に刻まれる笑み。いや、嗤《え》み。

「……さしでがましい発言でした。お許しください」

一礼をして離れようとして……腕を掴まれる。

「……っ！」

引き寄せられて、男の身体におおいかぶさる寸前でソファの背に手をついた。

すぐ下から、緑眼が見上げている。浅海の身体が照明を遮《さえぎ》り、影によって色味を濃くした瞳は、そこに潜む感情ともども光彩の揺らぎを消していた。

「兄の婚約者は、とてもやさしい女性《ひと》だった。故郷の味をふるまってくれる約束だった。だが約束の前日、帰らぬ人となった。——兄とともに」

低い声が、事故だったと暗に答えを返してくる。

茶化した色はない。けれどもう、騙されるものか。

「……ずいぶんよくできた脚本ですね。三文《さんもん》小説でも、もう少しマシです」

下手な作り話にころりと騙される馬鹿な尻軽《しりがる》がよほど多いらしいと嘲《あざけ》った。——自分を含めて。

「文才がなくてね」

悪いね…と、ひょいっと肩を竦め、ルーファスは浅海の咎める視線を受け流す。まったく悪びれないふてぶてしさに感嘆すら覚えていると、掴まれていた腕がさらに引かれ、顎を固定された。

「……んっ」

もたらされるものが予期できていながら、抗えない。

間近に緑の瞳を見据えて、しかし先に根を上げたのは浅海だった。濃厚な口づけに耐えられなくなって、瞼を落とす。

ネクタイを解かれそうになったら、止めなければ。たぶんもういくばくも待たず、食事のワゴンが運ばれてくるはず。じゃれ合っている時間はない。

思考の片隅でそんなことを考えていた浅海を嘲笑うかに、男は口づけ以上を求めてはこない。

ドアがノックされ、その向こうから神野の声が届くまで、長く貪られた。ときに深く、ときに甘くじゃれるように。

濡れた唇の腫れぼったさが、身体を繋ぐ以上の羞恥をもたらすのだと、ドアを開ける段になって気づかされた。

緑の瞳は嗤っている。

忌々しいまでに美しいその色を、浅海は黙って見つめるよりない。

4

交代を終えて、久しぶりに自宅に帰ることができた浅海《あすみ》を薄暗いリビングで待っていたのは、恋人と一緒に暮らすといって家を出ていった次男だった。

「准《じゅん》……」

明かりを灯せば、そこには悪戯をして叱られたあとのような、拗《す》ねたような困ったような顔をした次男の姿。

高校時代には追い抜かれてしまった身長。だが、屈強な肩がしゅんと落ちてしまっていては、せっかくの体躯《たいく》も意味がない。

「このまえは、ごめん」

浅海の言葉にまったく耳を貸さなかったあの夜とは別人のような殊勝《しゅしょう》さだ。メールの返信だって、ずいぶんとそっけなかったのに。

「なんだ？　恋人に叱られたのか？」

「……っ」

「図星か？　すっかり尻に敷かれてるんだな」

笑いを誘われて、ぽんぽんと二の腕を叩いてやる。

相手のほうが上司で年上ではしかたないのだろうが、ふたりの弟をかなり甘ったれに育てた覚えのある身としては、申し訳なさが先に立つ。

「今の任務が終わったら、時間がとれると思うから――」

眉尻を下げる弟を見上げて、浅海はずっと考えていた言葉を口にした。

「――一度うちに来てもらうといい」

ほかに返せる言葉はないと、もうずいぶん前に結論を出していたのに、少し躊躇ってしまったのは、どうしても金髪緑眼男の顔が過るからだ。

「兄貴？」

驚き顔の弟が、確認を取るように呼びかける。

黙認はしてもらえても、そこまで受け入れてはもらえないと思っていたらしい。ふたりのやんちゃ坊主を育て上げた兄の懐《ふところ》を甘く見ないでほしいものだ。

「あいさつくらい、させてくれてもいいだろう？　公私にわたって愚弟《ぐてい》がお世話になってるんだ」

惚けた顔で瞬きを繰り返していた弟は、ややして安堵の息をつき、肩の力を抜く。それから、ありがとうの言葉のかわりに、甘えた顔を向けた。

「頼みがあるんだけど」

「頼み？」

「兄貴の肉じゃがのつくり方、教えてあげて」

「肉じゃが？」

「できれば味噌汁と揚げ出し豆腐も」

「……？」

今度は浅海が目をぱちくりさせると、弟は脂下《やにさ》がった顔で頭を掻きながら、その理由を教えてくれる。

「上司としては優秀な人なんだけど、家事能力がからっきしでさ。俺を喜ばそうとがんばってくれるんだけど……休みのたびに鍋がダメになるんだ」

またも笑いを誘われた浅海は、キッチンへ移動して冷蔵庫のなかみを確認しつつ、それに返した。

「可愛い人だな」

「まあね。兄貴より年上だけど」

「そんなに?」

「ブラコンって言われるよ。はじめは、兄貴の影を追ってるんだろうって、相手にしてもらえなかった」

「甘やかした覚えがあるだけに耳が痛いな。……ってことは、峻《しゅん》も危ないな」

「当然。あいつも絶対に年上好みだ。でも、そんな相手がいるかどうかってことのほうが問題だよ。いまだにあいつの理想の相手は兄貴だから」

次男の軽口に苦笑で返しつつ、浅海はネクタイを外し、腕まくりをして、エプロンをする。鍋を出して、シンクに土のついたじゃがいもを転がした。

久しぶりに弟と向き合った食卓の話題は、弟の惚気話に終始していたけれど、幸せそうな顔を見ていたら、もうそれだけで充分だと思えた。

次男が帰ったあと、残った鍋のなかみを見て苦笑する。末弟の話が出たために、ついつい昔のように三人前つくってしまったらしい。このとき浅海は、本気でそう思っていた。

片付けがすんだころに、携帯電話がメールの着信を知らせて震える。送信者欄には次男の名前。

開いたそこには「ありがとう」と、たった一行。数時間前に声に出して言えなかったらしい言葉がしたためられていた。

持ち込んだものをダイニングテーブルに並べると、男はエメラルドの瞳を丸めた。

そんな驚きの表情は、これまでに見たことのないものだが、それすら演技ではないかと思えてしまうあたり、これは相当この男の毒気にあてられているなと、我ながら呆れてしまう。

テーブルには、毎日定時に運ばれてくるランチの皿。

今日はホテルのメインダイニングであるチャイナレストランの旬菜ランチらしい。季節野菜がたっぷりと使われた料理の皿の横には、中国茶のガラスポット。細工茶が開いて、赤い花が湯のなかで揺れている。

だが、ルーファスが驚いたのは、レストランと変わらないあつらえで並べられた料理ではなく、その隣に置かれた、実に庶民的なタッパーのなかみのほうだった。

「毒入りじゃないと嬉しいね」

「今からお入れしましょうか?」

軽口に軽口で返して、冷ややかな視線を向ける。それに苦笑する緑の瞳は細められて、しげしげとタッパーのなかを覗き込んだ。そこに詰められているのは、肉じゃがとひじきの煮つけと鯵《あじ》の南蛮漬け。

「來嶋《きじま》は知らないことですから。衛生面には気をつけていますが、万が一あたった場合は私ひとりの責任ということでお願いします」

「君らしくない行動だ。どうして？」

神野《じんの》と和喜多《わきた》に口止めまでして、なぜこんなことを？　と問われて、家庭料理が食べたいと言ったのは自分ではないかという返答が咄嗟に脳裏を過ったものの、浅海はまったく別の言葉を返す。

「あまり物ですから」

「あまり物？」

「弟に食べさせた残りです」

昨夜、准のためにつくったおかずの残り。ついつい末弟まで頭数に入れて多くつくってしまって、鍋にあまっていたものだ。

昨夜片付けをしているときに、昼間の男の言葉を思い出したのか、気づけばこんなことをしていた。朝になって迷ったものの、いざとなったら同僚への差し入れにすればいいだろうと、持参してきたのだ。

「つれないな。私のためにつくってくれたわけじゃないのか」

「そこまで任務に含まれておりませんので」

タッパーのなかみを皿に盛って、「味は保証できません」と差し出す。引こうとした手を、箸《はし》を持つのとは逆の手に捕られた。

「私がそれを望んでも？」

「……っ」

弱みを握る立場の自分の求めでも応じられないのかと脅される。だがその声に、行為を強要されるときのような強さはなかった。

どう受け取るべきなのか悩んで、答えを出せず、その瞳を見つめ返すにとどめる。

浅海の手を取り上げた男は、視線をこちらに注いだまま、なにを思ったか——揶揄おうとしただけなのだろうが——指先に口づけた。

「な……っ!?」

驚いて反射的に手を引けば、それはアッサリと浅海の胸元へと戻る。視線の先にある揶揄をたたえた緑眼は、ふいにおだやかな笑みを浮かべた。

「嬉しいよ。ありがたくいただく」

これが本当の和食なのか…と、たぶんニューヨークの日本食レストランで食べたものと比較しているのだろう、味のしみたじゃがいもを口に運んだルーファスは、「delicious!《うまい》」と感嘆の声を上げる。

家庭の味がどんなものなのかすら知らないと言ったあの夜の男の顔が、ふいに思い起こされた。

嘘と現実の境目がどこにあるかわからない。

どこまでが真実でどこからが男が書いた脚本なのか、知れなくて、何を信じていいかわからなくなる。

ＳＰの自分に、考える必要などないことのはずなのに。

「で？　弟くんはなんて？」

「……え？」

「これを食べさせたんだろう？」

ということはつまり、会って話をしたのだろう？　と問われて、

「下の弟のためにつくったのだとは思わないのですか？」

あの夜のきっかけになった次男ではなく、下の弟のためにつくった可能性もあるではないかと尋ねれば、「君の表情が違う」となんでもないことのように返された。

――……っ！

固まる浅海など気にする様子もなく、ルーファスは食事の合間に話をつづける。

「仲直りできたようでなにより。おかげで美味いものにありつけた」

肉じゃがのじゃがいもが、ことのほか気に入ったらしい。シラタキをゴムみたいだと言いながらも、完食した。

箸を置き、「ごちそうさま」と手を合わせる。どこかぎこちなさの残るそれは、彼の生活習慣にないものだからだ。

日本食は、世界的にブームだ。箸の使い方も食事のマナーも、日本人から教わらずとも知る外国人は多い。イタリア系マフィアは口にするものに煩いと聞くから、日本の食文化に通じていても不思議はない。だから、そんな些細《ささい》なことが、亡兄の話が真実である証拠になどならない。

そう冷静に分析しているというのに、浅海の口は聞かれたことへの問いを、馬鹿正直に紡いでいた。

「この仕事が終わったら、相手の方と会ってみようと思っています」

こんな話、する必要はないのに。なのに、

「いいことだ」

よかったじゃないかと返されて、安堵を覚える。

そんな自分を、愚かしいと感じる。

己の思考に胸中でひっそりと自嘲《じちょう》を零す浅海を肯定するかに、ルーファスはニヤリと口角を上げた。

「これで君がまたあんなバカな考えを起こす危険がなくなったわけだ」

あの夜のことを、浅はかだと言外にも言われて、今度は浅海が口許をゆるめる。繰《く》り言《ごと》だと、嗤いたいのはほかの誰でもない自分自身だ。

「いまさらです」

そこに浮かぶ強かささえ滲む笑みを見て、ルーファスはククッと喉の奥で笑った。

「そうだな。君はこうして、逃げられなくされているんだから」

なにもかもいまさらだと言われる。

「君が普通のサラリーマンだったら、あれっきりで終わったのに」

たとえあの夜ルークが口にした言葉のすべてが嘘だったとしても、浅海がＳＰでなければ、ルーファスが逮捕されなければ、真実《男のついた嘘》が明らかになることもなかった。

「嘘をつき通せば、それは嘘でなくなりますから」

嘘だと知れなければ、嘘は嘘でなくなる。一生騙されつづけるのかと思えばゾッとするが、それは真実を知ったあとだから思うことだ。

気づかなければよかったと、自分はたしかに思っている。

逮捕された男の顔を見た瞬間に感じた衝撃は、たしかに失望と名のつくものだった。

あれきりの、ゆきずりの相手だからこそ、隠された嘘の存在など知りたくなかった。

都合のいい想い出でありさえすれば、それでよかった。

暴かれた嘘に、己の弱さを見る。

「食後のデザートをもらおうか」

男が食後に甘いものを欲しがったことなど、これまでなかった。

「コーヒーを淹れます」

テーブルの上の皿を下げ、空になったタッパーを片付けて、コーヒーカップを用意する。

その途中で腕を捕られて、先の言葉を聞いた時点で、この先に待つものを予期していた自分に気づいた。

「もっと甘いものが欲しい」

長い指に顫《おとがい》を捕られる。

引き寄せられる前に、上体を屈めていた気がする。それに気づかぬふりで、浅海は掬い取る口づけを受け入れた。

昨夜とは対照的に、早々にネクタイのノットに指を差し込まれる。

ワイシャツのボタンが弾《はじ》かれ、大きな手が胸を這《は》う。

繊細な愛撫は、あの夜に与えられたものと、寸分《すんぶ》違わぬ熱さ。だのに……。

「咥えろ」

耳朶に命じる声には、ヒヤリとした迫力があった。


ワイシャツ一枚の姿に剥かれ、ベッドの上で嬲られる。

いつドアが開けられるかしれないリビングで抱かれるよりはマシだが、執拗さがますようで一長一短だ。

淫猥《いんわい》な水音が立つ。舐めしゃぶる、粘着質な音。

男の顔を跨《また》ぐ格好で下から局部を嬲られ、自分もまた、男の欲望を咥える。

天を突く怒張《どちょう》は、雫を滴らせ、浅海の舌にその熱さを伝える。

だが、淫らに開かれた内腿のやわらかな皮膚を吸われ、自分がする以上に執拗な舌使いで喘がされて、奉仕もままならない。

「どうした？　口が疎《おろそ》かになってるぞ」

「……っ、く……う、……あっ」

揶揄の言葉とともに、後孔に指を捻じ込まれて、しなやかな背が撓《しな》る。

同時に雫を零す欲望をあやされて、細い腰が震えた。なめらかな肌が霧を吹いたように汗をまとう。

目の前の熱く滾《たぎ》る欲望を、懸命に口腔に受け入れる。なぜこんなに必死になっているのかと、自分でも不思議に感じるほどに。

理由などはっきりしている。

保身のためだ。

男の口から弟たちの関係が語られれば、あの夜の関係が語られれば、ともに処分が待っている。

自分はいい。けれど弟は巻き込めない。それ以上に、弟の恋人の人生まで狂わせるわけにはいかない。

だから、しかたなく応じている関係だ。

経緯も理由もはっきりしている。これほどわかりやすい言い訳もない。

なのに、なぜこんなに必死に、それ以上の言い訳を探してしまうのか。

こうして抱かれることを、進んで受け入れているわけではないと、なぜこうも自分に言い聞かせたいのか。

「ん……は…ぁっ、く……っ」

快楽に脳髄を焼かれて、思考もままならなくなる。

最初にこの部屋で抱かれたときには、己の浅はかさとお手軽さを呪いながら、冷静に状況を分析する余裕があったのに。

屈辱に震えていても意味はない。先のことまで計算した上で、男の脅迫に屈《くっ》した。納得ずくだったはずだ。

だのに今、胸をおおう、奇妙な理不尽さ。ままならない何かが、浅海の思考から正常な働きを奪うのだ。

「あぁ……っ！　……っ!!」

ぐりっと内部を抉られて、屹立《きつりつ》からはたはたと雫が溢れる。含んでいた欲望に歯を立てかけて、慌てて放した。

「は……ぁ……」

腕の力が抜けて、男の身体の上に崩れ落ちてしまう。その身体をシーツに押さえつけられ、腰を引き上げられて、背後から穿たれる。

「――……っ！」

一気に最奥まで突き入れられて、衝撃に背が撓った。容赦のない律動が襲って、頬をシーツに擦りつける。肌と肌のぶつかる音が生々しい。

己が発するものとは到底信じがたい喘ぎと、上から落ちてくる荒い呼吸。

汗にはりつくワイシャツの上から、肌をまさぐる大きな手。それをめくりあげられる感触に、背筋が震える。

「あ……っ！　ひ……っ」

ふいに背後からおおいかぶさられて、肩口に痛みを感じた。食いつかれたのだと察して、逃れようと懸命に頭《かぶり》を振る。だがその痛みさえ、瞬く間に快感へと昇華して、浅海は白い喉を喘がせる。

前にまわされた手が、快感に打ち震える浅海自身を握り込む。先端を弄られ、同時に後ろから内部を抉られて、甲高い嬌声が迸った。

「ひ……っ、や…ぁ、あぁ……っ！」

埋め込まれたものを絞り込むように締めつけて、ともに頂を見る。最奥に熱い飛沫《ひまつ》が吐き出される感触が、言い知れぬ背徳感《はいとくかん》となって浅海を襲い、全身をおおう喜悦をより濃くした。

「あ……ふ……、……ひっ！」

酸欠に喘ぐ身体を引き起こされる。

今度は背中からシーツに押さえ込まれて、吐き出した蜜に濡れそぼつ内腿を大きく開かれた。

「あ……んっ」

エメラルドの視線に曝されて、羞恥のあまり全身を血が駆け巡る。

膝の内側に唇を落とされ、それがやわらかな肌を吸いながら、付け根へともたらされる。

「ん……っ」

脚の付け根に、濃い痕を刻まれた。

それを確認するようにさらに大きく太腿を開かれて、狭間を滾る熱に探られる。

さきほど放たれた情欲に濡れそぼつ入口を擦られて、喉が甘く鳴る。蕩ける襞を掻きわけるように、今度はゆっくりと剛直《ごうちょく》が埋め込まれた。

「は……ぁっ」

熱い息が喉を震わせる。

むずかるように頭《かぶり》を振り、髪を振り乱して、せり上がってくる快感に身悶《みもだ》える。

おおいかぶさる男に手を伸ばしてしまいそうになるのを、懸命に耐えた。

穿つ動きが、徐々に速まって、やがて視界がガクガクと揺れるほどに突かれ、揺さぶられる。

悲鳴にも似た嬌声《きょうせい》を上げながら、浅海は堕《お》とされる快感を享受した。


コネクティングルームのドアをノックしたのは來嶋だった。現場の様子を見に現れた上司は、状況確認のあと「今日は静かだな」と呟く。

先日、SPたちを巻き込んで暇潰しをしていたルーファス・マクレランは、今日は浅海とともに部屋にこもったきりだ。昼食後は、一度も出入りがない。

神野がそう報告すると、來嶋は何かを納得した顔で頷く。その横顔をうかがう神野が、眉根を寄せた。

「今回の任務に、意味はあるのでしょうか?」

カマをかけるように、神野は本来ありえない問いを口にする。振り向いた來嶋の顔には、微塵《みじん》の驚きすらなかった。

「どういう意味だ?」

命令に従っていればいいと叱責《しっせき》されるならまだしも、淡々と訊き返されて、神野はいったん口を噤む。そして、質問を変えた。

「いまさら感の否《いな》めない現場検証に、警察庁が乗り込んでくる必要があるとは思えません」

越権《えっけん》行為ともとれる質問に、背後の和喜多が息を呑む気配。

來嶋は、わずかに目を眇めた。

「警察庁の考えることなど、我々に知る権利はない。意味があろうとなかろうと、命令が下っている、その事実にこそ意味がある。――現場にとってはな」

違うか？　と、冷ややかにも聞こえる口調で返されて、尋ねた神野以上に、ふたりのやりとりを見守っていた和喜多のほうが、より怪訝そうに眉根を寄せた。

新人の和喜多ですら、來嶋の言動の奇妙さを感じている。神野には、その背景にあるものが、見えてはいるものの、この場では言及できない。

「浅海はＳＰです」

「あたりまえだ」

多くのものを含ませた神野の言葉を、來嶋は気づかぬ振りで受け流す。それに気づけてしまう神野と、神野が気づくとわかっていて、そんな応えを返してくる來嶋と。

おいてけぼりを食らった和喜多も、ふたりの間に流れる奇妙な空気だけは感じ取っているようで、言葉を挟んでこようとはしない。

兄の名を出そうかと悩んで、しかし神野は結局、口を噤んだ。

浅海が今現在置かれている状況は、誰によってもたらされたものなのか。浅海自身なのか、それとも……。

浅海とルーファスがいるはずのドアの向こうからは、物音らしい物音すら聞こえない。

今日一日、ほぼ開かずの間と化しているその部屋のドアをチラリとうかがって、

「外出直帰する。何かあれば連絡を入れろ」

來嶋はその場に背を向ける。

どこへ行くのかと、口にしかけた問いを、神野はやはり呑み込んだ。

5

自分が意識を飛ばしていたことに、目覚めてすぐは気づけなかった。

——……っ!?

胸元に、やわらかな金糸が触れている。

腰にまわされた、逞しい腕の感触。

上体を起こそうにも、がっちりとホールドされていて、動けない。

情事の途中で気を飛ばしてしまったらしい。そのまま寝入っていたことに気づいて慌て、部屋の時計を確認して、ホッと胸を撫で下ろす。思ったほどの時間は流れていなかった。

どうしたものかと、胸元に埋まる端整な顔を見下ろしていたら、ややして金色の睫毛が瞬く。現れた緑の瞳が状況を確認するように動き、それからゆっくりと視線を上げて、浅《あす》海《み》を映した。

表現のしようのない気まずさを感じて、浅海はふいっと視線を逸らす。汗を含んだ金髪

を掻き上げた男は、浅海の胸に頬を擦りつけた格好で伸びをした。

猫科猛獣がまどろむ姿を彷彿《ほうふつ》とさせるその仕種に、思わず逸らしたはずの視線を奪われて、その緑眼に絡め捕られる。絡めた視線は解かないまま、ルーファスは浅海の胸に唇を落とした。

「……っ!? おいっ、もう……っ」

やめろと、その頭を押しやる。指に絡むやわらかな金髪の感触が、先の情事の濃厚さを思い起こさせて、浅海は肌の奥に燻る余韻を懸命に追いやった。胸元で笑いが零れる。

「つれないな」

「もう充分にお相手をしたと思いますが？」

なにより、部屋にこもってばかりでは、周囲に妙に思われる。それでなくても、そろそろまずいと思っているのに。

スルリと腕の拘束がゆるむ。傍らに仰臥《ぎょうが》した男が、再び手を伸ばしてこないことを確認して、浅海はベッドを下りた。そのまま脱ぎ落としたワイシャツに袖を通そうとして、体に残る濃い痕跡に気づき、ため息をつきつつバスルームへ向かう。

手早く汗を洗い流して、部屋に戻り、ソファに放り投げておいたワイシャツに今度こそ袖を通す。

背後に気配を感じて振り返ると、視界がおおわれた。同時に、唇が塞がれる。確認するまでもない、ベッドにいたはずの男が起き出してきて、不埒《ふらち》を働いているのだ。

「んん……っ」

抗おうとすると、咎めるように長い指に顎を固定される。間近にある緑の瞳を見据えれば、口腔を蠢く舌の執拗さが増した。

「ふ…、く……っ」

たっぷりと貪られたあと、男が次のアクションを起こす前に、浅海はその肩を押す。そして、求めに応じることなく、腰を抱く腕から逃れた。ワイシャツのボタンをとめ、ネクタイを締めて、黙々と身支度を整える。

ジャケットをはおったところで、またも後ろからリーチの長い腕に拘束された。耳朶を唇が擽《くすぐ》る。

「バラされてもいいと?」

落とされる、閨《ねや》の余韻を含んだ低い声。

それに、極力感情を排除した、淡々とした声で返す。

「今バラしてしまったら、私を嬲って遊ぶこともできなくなりますよ」

自分との関係や弟のことをバラされてもいいのかとの脅しに対して、今全部バラしてしまえば、こういう関係もつづけられなくなるはずだと指摘すると、なるほどそうきたか……と、ルーファスは低く笑った。

「どんな状況においても冷静さを失わない……ＳＰの鏡だ」

男の移送スケジュール決定の連絡はまだこない。浅海の弱みを暴露することで、男は暇潰しの方法をひとつ失うことになる。何を言っても余裕の態度を失わない男に対して返せる言葉は、この程度だ。

「おわかりいただけたのでしたら、放してください」

「つれない上に本当にタフだな、君は」

気を飛ばすほど乱れたあとで、平然とベッドを下り、シャワーを浴びて、情事の名残すら見せようとしない浅海に、苦笑混じりの感嘆を贈ってよこす。

だが、当然のことながらそれで納得してくれるはずもなく、耳の後ろあたりを強く吸われて、チリリとした痛みが肌を走った。

「……っ！」

髪で隠れるはずだが、何かの拍子に見えないとも限らない場所に痕跡を刻まれて、浅海は反射的に男の腕を振り払う。

振り向いた先には、まるで悪戯を成功させた少年のような顔で微笑むハンサム。

だがその目は、心の底から笑ってはいない。ヒヤリとした冷気さえ感じさせる強さが、細められた緑眼の奥に垣間見える。

「我が儘を言いすぎるとミスター來嶋《きじま》に叱られそうだから、今日のところは引くことにするよ」

ひょいっと肩を竦めて、浅海の横をすり抜け、バスルームへ向かう。

ややしてシャワーの音が聞こえはじめて、浅海はやっと肩の力を抜く。意識的に気持ちを切り替えて、部屋のドアを開けた。


コネクティングルームに控えていたのは、神野《じんの》ひとりだった。

「……？　和喜多《わきた》は？」

「下に行かせた」

この部屋の担当である和喜多を周辺の警備に行かせたと言われて、浅海は口数少ない同僚を見やる。

その感情の揺らぎのうかがえない瞳を見据えて、浅海はひとつ、大きく息を吐いた。神野の言葉の意味を、察したのだ。

「そろそろ出てくると思ったからな」

「……」

自分と話をするために人払いをしたのだと暗に言われて、なんと返したものかと言葉を探すものの、誤魔化《ごまか》すべきか認めるべきか、方向性すら定まらないのだから、見つかるわけもない。

つまり、ルーファスとの関係を――このドアの向こうでつい今さっきまで自分が何をしていたのか、気づいている、ということだ。

たぶんそうだろうと思ってはいたが、面と向かって言われると、複雑なものがある。和喜多には聞かせられないから、ふたりで話をするために、ひとりで浅海が出てくるのを待っていたのだ。

「來嶋さんは、知っているのか」

「あの人に何かを言われたわけじゃない」

上からの命令なのかと訊かれて、「まさか」と首を横に振る。

「日本警察がそこまで腐ってたら、俺はＳＰをやめて民間に行く」

冗談ではないと、それこそ冗談のつもりで返した浅海だったのだが、それを受ける神野の顔は厳しかった。

「直接命じなくても、そう仕向けることはできる」

真顔で言われて、思わず目を瞠《みは》る。

「まさか！　俺とあいつは……、……っ」

この任務が命じられる以前から面識があったのだと言いかけて、我に返り口を噤んだ。神野は、さまざまな状況証拠から現状を把握しているにすぎない。過去のことまでは知らないはずだ。

「なんでもない」

ふいっと顔を背ければ、その横顔に投げられる、探るような視線。だが不躾に問いただそうとするものではない。浅海を気遣うゆえのものだ。

あれこれ無遠慮に訊かれるよりも、無言のほうがよほどこたえる。浅海は今一度ため息をついた。そして、その瞳にまっすぐ、神野の顔を映す。

「自分で蒔いた種だ。自分でケリをつける」

己の責任として対処するからと、気遣いに感謝しつつも放置を望めば、神野は何を言うのかという顔で短く返してきた。

「当然だ」

口出しする気などないと、突き放す口調。浅海がそうすることを選択したのなら、その必要があってのことだろうと、寄せられる信頼が耳に痛い。

だが、つづいて投げられた一歩踏み込んだ発言には、反射的に尖《とが》った声を返していた。

「脅されているだけなら、簡単な話だ。時間が解決する」

ルーファスがアメリカに移送されれば、そこで終わる。関係が消滅すれば、そこには何も残らない。けれど……。

「……それ以外の何があると？」

行為を強要されている以上の、いったい何がこの関係に存在するというのか。男が日本にいる間の暇潰し以上の、いったいどんな意味があるというのか。

条件反射で噛みついたあとで、これではまるで、それ以上の何かがあると言っているようなものだと気づき、気まずさに視線を逸らした。

仕事の上で神野の鋭さは助けになるが、こんなところまで気がまわらなくてもいいものを。蜜月真っ最中の恋人のことだけ考えていろと、言ってやりたい気持ちになる。

それでも、すべて忠告だと受け止めて、浅海は今回の任務に就いてからずっと考えていたことを口にした。

「まずいと思ったときには、おまえが俺を撃てばいい」

万が一、自分がSPとしてあるまじき行動に出ることがあったら、容赦なく撃ってくれていい。

より強い叱責の言葉が返されるかと思いきや、神野は唐突に話題を変えてしまう。

「移送のスケジュール、決まらないいな」

含みを持たせた口調ではない。気を尖らせていただけに拍子抜けした浅海は、無言のまましばし神野の横顔をうかがって、それから言葉を返した。

「ああ、遅いな」

浅海は、現状を確認しただけだった。

神野の唐突な発言の真意を汲み取れなかったというよりは、なぜ突然話を変えたのか、その行動の意味こそを測りかねていたのだ。

「遅すぎる」

「……？　神野？」

浅海にではなく、ルーファスの部屋のドアに視線を向けて、それを眇めて見せる。

――『直接命じなくても、そう仕向けることはできる』

神野の先の発言がふいに脳裏《のうり》を過って、眉を顰める。

そんな浅海に、唐突な発言の真意を語りもせず、神野はその前に交わしていたやりとりへの返答を、いまさらながらに口にした。

「自分でやれ」

他人に幕引きをさせるなと、短い言葉の奥に多くのものを含ませて言う。

自分でケリをつけると言ったからには最後まで自分でなんとかしろと、それは相棒ゆえの厳しい叱責だった。

「夕食の時間まで交代だ」

すぐに和喜多も戻ってくるはずだから、休憩をとるといい。そう言い置いて、神野は部屋のドアを開ける。その背を見送って、浅海はまたもため息をついた。

「俺は協力してやったのに」

苦笑とも自嘲ともとれぬ笑みを口許に浮かべて、毒づく。

自分は、神野とエセルがうまくいくように、王手《チェックメイト》に協力してやったはずなのに。その恩も忘れて実にあっさりと突き放してくれるものだ。

だが、言い返せないのも、突き放してくれて安堵したのも事実で、浅海は傍らのソファにドカリと腰を落とす。

無意識にネクタイをゆるめかけてそれに気づき、気が抜けるように肩から力を抜いた。くしゃりと髪を掻き上げる。

奇妙な疲れが、決して華奢ではないものの、同僚の屈強なＳＰたちに並べば細身の部類に入る浅海の肩に、ずしりとのしかかっていた。

身体がきついわけではない。少々の無茶を働かれたところで、その程度でへばるような鍛え方はしていない。

ではいったい何が負担なのか、考えたくもないと浅海は唇を噛み締める。

脅されているだけなら…と、神野は言った。

時間が解決するとも言った。

神野の言葉通り、ルーファスが移送されればそれで終わりだ。男は法律に則って証言台に立ち、証人保護プログラムに従って、名を変え、身を隠す。二度と会うことはない。

――二度と会えない……。

ふいに脳裏を過った思考に、ギクリと身体を強張らせる。

全身の血が下がって、ゾクリと背筋が震えた。

「な…に……?」

自分は今、何を考えた?

わかりきっていたことだ。ほんの短い間、男の慰《なぐさ》みものになる。それだけで、自分はともかく、弟とその恋人の将来を守れる。

騙したのかと、憤っても意味はない。それよりも、自分の浅はかさが招いた事態を己の責任において収拾することのほうが大事だ。

関係を強要されたとき、自分は冷静に状況を分析して、プライドにはかえられないものを守ることを選択した。

そもそもゆきずりの相手。

一度が二度になったとて、何が変わるわけでもない。たとえ予定外の回数をカウントすることになったとしても、積み重なるのは肉欲と禁忌を食らう後ろめたさだけで、その隙間に何が生まれるわけでもない。

たとえ嘘に塗り固められた夜だったとしても、結果的に弟と話をするきっかけをもらったことには感謝しているが、現状を考えれば、そんな思考そのものが愚かしいとしか言えない。

弟の件が、自分の感覚を歪《ゆが》めているのだろうか。

あの夜の記憶が……初対面の相手に警戒を解いたあの夜の自分の直感力を信じたい気持ちが、ＳＰとして培《つちか》った判断力を歪めようとしているのだろうか。

あの夜の、甘い記憶が……。

「……バカバカしい」

ひとりごちて、けれどすでに己の行動に言い訳をこじつけられなくなっていることに気づく。

それを容赦なく指摘してくれたのは、神野の言いつけた用件をすまして戻ってきた和喜多だった。

「あんまり、肩入れしないほうがいいと思います」

何をして「肩入れ」と表現しているのかはわかっている。ルーファスの我が儘を聞き入れて差し入れまでして、およそSPの任務の範疇《はんちゅう》を逸脱《いつだつ》していると言っているのだ。

もちろん和喜多は、神野ほど状況に通じているわけではない。浅海とルーファスの肉体関係にまでは気づいていない。純粋に後輩としてSPとして、ここ最近の浅海の言動に疑問を投げかけてくる。だからこそ、神野の忠告以上に痛い指摘と言えた。

「前回も今回も、イレギュラーな任務つづきだ。ミスター・ブルワーのときだって……」

自分も神野も、上からの命令で付き人まがいのことまでさせられていた。

マルタイが犯罪者だろうと、守れと言われれば守るのがSPの仕事だと、すでに言い飽《あ》きてきたきらいのある言葉で返そうとした。

だが若さゆえの純粋な正義感に駆られた和喜多は、それを許さなかった。

「エセルさんは完全な被害者でした！　でも、あいつは彼を狙ったマフィアの暗殺者で、犯罪者です！　改悛して別人になったところで、罪は消えない！　そもそもミスターをつけて呼ぶ必要すらない相手です！」

ルーファスを、ミスター・マクレランなどと呼ばなくてはならないことにすら、和喜多は納得のいかない顔で、浅海への苦言とともに、今回の任務に就いた時点からため込んでいたのだろう、鬱憤《うっぷん》を吐き出す。浅海がすべてを受けとめる必要などない憤りではあったが、もっともだとも思わされた。

「生意気言ってすみません。でも……」

しばし言い淀《よど》んだあとで、和喜多は「いつもの浅海さんじゃないみたいだ」と呟く。

拗ねたように肩を落とした姿は、ふたりの弟を持つ浅海には看過《かんか》できないもので、苦笑を禁じえない。

「……そうだな」

苦い笑みとともに頷いて腰を上げ、浅海はふつふつと沸く困惑を自身の内で処理しきれないでいる後輩の肩をポンポンと叩いた。

「大丈夫だ。自分が何者かくらい、わかってる」

自分はＳＰだ。警察官だ。

そしてルーファス・マクレランは、マフィアで犯罪者で、マフィア裁判の証人。

だが、培った経験に基づく浅海の感性が、ただの犯罪者とルーファスを切り捨てられないでいるのもまた、紛れもない事実。それが、男の余裕の態度の先にある計略《けいりゃく》——新たなる犯罪を懸念してのものなのか、もしくはそれ以上の、予測のつかないなにがしかなのかまでは、当の浅海にもわからない。

ただひとつわかっているのは、騙されていたと知ったあとも、あの夜の記憶が思い出したくもない不快なものへと変化していない事実。当初は憤ったものの、時間がすぎるうちに、浅海はそれに気づかされた。

ルーファスの口のうまさはわかっている。

それを加味《かみ》しても、どうしても憎みきれない。

犯罪者に取り込まれ、道を踏み外す刑事の心境とはこんなものなのだろうかなんて、くだらないことを考えた。

自分の揺さぶり程度に動じるような男ではないと、來嶋にもわかっている。

だがそれでも、見過ごせない状況が横たわっている。部下を守るのが、上司の使命だ。

無駄に広い警察庁のオフィスで、大きな執務机を挟んで、來嶋はこの部屋の主と対峙《たいじ》していた。

「威《たける》が?」

神野の兄、神野将《まさる》は、書類に走らせるペンを止めることなく、「それがどうした?」とぞんざいに返してくる。

「感づいています。もちろん全部ではありませんが」

弟だけでなく、自分も同じだと含ませれば、神野兄は手を止め、顔を上げた。

「全部? 全部とはなんだ?」

眼鏡《めがね》の奥の瞳が冷酷さを滲ませる。

たとえ弟が組織に利用されようとも、大事の前の小事だと、その目は語っている。來嶋は拳を握る手にぐっと力が込もるのを感じた。

兄が謀《はか》ったがゆえの現状だと、前回自分が踊らされたことも含め、神野は察している。それがわかっていて、黙認していたのは來嶋だ。それは神野兄の手腕を誰よりも評価しているがゆえだったが、だからといって、許容できることには限度がある。

「浅海を売りましたね?」

來嶋の指摘に、神野兄は眉をピクリとも動かさない。平然と言葉を返してくる。

「性接待をしろなどと、命じた覚えはないが？」

「断れない状況に追い込んだのなら、同じことです！」

直接命じるより性質《たち》が悪い。個人の感情を捜査に利用しているのだから。

「犯罪者の脅しに屈するような部下教育はしていないだろう？　それとも何か、後ろめたいことでもあるのか？」

切り返されて、來嶋は口を噤んだ。

たしかに、後ろめたいことがなければ、下卑《げび》た要求など突っぱねればいいだけのこと。だが、まっとうな主張など通らないのが脅しというものだ。当然のことながら、目の前の男はそれを知っている。

「浅海侑《ゆう》……優秀なSPだ。判断を誤ることなどあるまい」

パソコン画面に呼び出した人事データを表示させ、そのディスプレイをわざわざ來嶋に向けて見せる。

なんて男だと、過去にいったい何度過ったかしれない感嘆と憤りを呑み込む。

來嶋が唇を引き結んだのを見て、神野兄は淡々と報告をはじめる。そのために呼びつけたのであって、おまえの主張を聞くためではないと言わんばかりに。

「ルーファス・マクレランの移送日が決まった。スコット捜査官が引き取りに来日される」

「スコット？」

たしか、ガローネ・ファミリーを追っていた捜査班のリーダーだと、データに記載があった。長年マフィア摘発に尽力しているＦＢＩ捜査官だ。

「これでガローネ・ファミリーを潰せると、喜んでおいでだった」

「あの男の証言ひとつで巨大ファミリーが潰れるとも思えませんが？」

たしかに、ひとりの改悛者がもたらした証言によって、多くの構成員が摘発された事例はあるが、それでもファミリーは潰《つい》えない。たとえひとつのファミリーが消えても、別のファミリーが台頭してくるだけの話だ。マフィア根絶はまだまだ遠い。

数年前、アメリカとイタリアの当局が協力体制を敷き、同時に摘発を行った結果、百名以上のマフィア構成員が逮捕された。それによってニューヨークの闇社会は大打撃を食らったと聞くが、それでも潰えてはいないのだ。

來嶋の指摘を受けて、神野兄はいったい何が琴線に触れたのか、口角を上げる。

「できるさ。ルーファス・マクレランになら」

放たれた意味不明な言葉に、來嶋は眉根を寄せた。

執務椅子に背をあずけ、足を組んでいた男は、ゆっくりを腰を上げると、デスクをまわり込んで來嶋の前に立つ。そして、長い指で來嶋の頤を捕らえた。

「今晩私の部屋にくるのなら、面白い話を聞かせてやろう」

スッと細められる眼鏡の奥の眼差し。酷薄そうな口許には、狡猾《こうかつ》な笑み。

「本宅で奥さまがお待ちなのでは？」

極力感情を廃し、直立不動のまま応じる。――その目を見返すことなく。

「……っ」

顎を掴む指に痛いほどに力が加わって、強引に視線を合わされた。

「余計な口は利かなくていい」

おまえは、命じるままに動いていればいいのだと、低い恫喝《どうかつ》が落とされる。

脅しに屈せざるをえない心境など、やはりこの男には理解できないと、來嶋は奥歯を噛み締めた。

6

その朝、ルーファスに移送にかかる説明をするために現れたのは、驚いたことにも神野《じんの》の兄だった。いくら今回の件の総指揮官とはいえ、異例の事態に浅海《あすみ》はもちろん、神野も眉根を寄せる。

だが浅海と神野には、神野兄と來嶋《きじま》が消えたドアが開くのを待つことしかできない。警護体制については、のちほど來嶋から知らされるのだ。

「長いな」

時計を確認して、そう呟いたのは神野だった。

神野兄と來嶋がルーファスの部屋に入ってから、すでに二時間近くが経過している。警護体制の打ち合わせでもあるまいに、いったい何をこれほど話すことがあるのか。

そんなやりとりがなかに届くわけもないが、その直後ドアが開いて、神野兄と來嶋が出てきた。警護体制の継続を言い置いて、來嶋は神野兄を送るためについて出て行く。神野の脇を通りすぎるとき、兄弟はチラリと視線を交わしたが、それだけだった。


長い打ち合わせで疲れたのか、ルーファスは濃いコーヒーを欲しがった。

「やっとお迎えがくるそうだよ」

その言葉に、ギクリと肩が揺れた。

ポットからカップに注いでいたコーヒーが零れて、白いソーサーを琥珀色に汚す。

「……」

浅海は黙って、新しいカップアンドソーサー一式を取り出した。その様子を、緑眼が愉快げに見つめている。

揶揄の言葉が飛んでくるかと身構えたが、ルーファスの口から発せられたのは、予想外の、浅海には理解不能な呟きだった。

「時間がかかったな。いったい何を根回ししていたんだか」

「……?」

問うかわりに顔を上げると、

「おかげで充分な暗殺計画が練れたことだろう。どう出てくるか、楽しみだ」

どうやらマフィア側の状況を推測していたらしい。豪胆《ごうたん》というよりふざけているとしか思えない口調に、浅海が言葉を返そうとすると、それを遮るように男は話をつづけた。

「夕べ――」

口を噤んだ浅海は、怪訝そうに眉根を寄せて、言葉の先を待つ。

「いや、今朝がた新たに三体、死体が上がったそうだ」

「……っ！」

恐ろしい報告を、ルーファスは口許に笑みさえ浮かべて、まるでなんでもないことのように告げた。

神野兄と來嶋との打ち合わせがずいぶん長くかかっていたのは、移送される前に三名の情報を引き出そうとしていたからだったようだ。

「ひとりは兵士だったが、残りのふたりはファミリーの息のかかった民間人だ。ひとりは貿易会社の経営者、もうひとりは銀行員」

「資金源、ということですか？」

構成員ともども日本に入り込んで、地盤《じばん》づくりをしていた面々《めんめん》が殺された。それがいったい何を意味するのか。

「あいつら殺しちゃってよかったのかな。今ごろ本国はどうなっているんだか」

歌うように、茶化すように、そんな発言をするルーファスを、浅海は眉間に深い皺を刻んで見守るよりない。

「ますますヤバイな」

「……え？」

コーヒーを提供するために傍らに立つと、すぐ間近から緑の瞳に見上げられた。

「アメリカの地を踏んだ途端に――」

自分のこめかみに、拳銃を模した人差し指をあてて、「バーン」とおどけてみせる。子どもがふざけているかのような冗談だったが、浅海は血の気が下がるのを感じた。

「――……っ」

ひっそりと息を呑んでその場にたたずむ浅海にいったいどんな反応を望んでいるというのか、ルーファスは芝居がかった口調でさらに言葉をつづける。

「その前に、飛行機が爆破されるかもしれないな。爆薬はマフィアの常套手段だから。それとも――」

「やめろ……」

「――迎えの車か。そうだな。最近は空港も警備が厳しくなっているから、その前後が狙い目だ」

「……やめ……」

「このホテルを出た途端に――」

「やめろっ‼」

発した声に、誰よりも自分自身が驚いた。

「……っ！」

白いコーヒーカップのなかで波打つ琥珀色の液体を、呆然と見つめる。

詰めていた息を吐いて、視線を上げると、じっと見据える緑眼に捕まった。

ついさきほどまでそこにあった揶揄も悪戯な色も、うかがえない。その中心に浅海を映したまま、手を伸ばしてくる。長い指が、握り締めた浅海の拳に添えられた。

無言のなかにも、それを解くように促される。ゆっくりと開いた掌には、綺麗に切りそろえているはずの爪が深く食い込んでいた。

男がゆっくりと腰を上げて、視線の位置関係が逆転する。

拳を解いた手は、男の長い指に絡め取られている。手首を捕られて、引き寄せられ、身体が密着した。

言葉もないまま――いや、言葉を探して見つめ合う。

――『ルーファス・マクレランの移送スケジュールが決定した』
朝のミーティングで來嶋の口から聞かされたときに、身体を貫いた衝撃。
それをなかったことにしたくて、浅海は今朝方からずっと、努めて冷静であろうとしていた。
――『移送途中を狙われる可能性は高い。なんとしてでも生きたまま迎えの航空機に乗せる。それが我々の使命だ。そのかわり、飛び立ったあと何があろうが、我々の関与するところではない』
來嶋らしくない言い草だった。
だがそれに、浅海は気づけないでいた。
終わりのときがやってきた。そんな思いに囚われて、來嶋の声すら鼓膜を素通りしがちになる己の反応に愕然《がくぜん》とするあまり、波立つ感情を落ち着かせるのが精いっぱいになっていた。
――『当日は三班体制を敷く。全員ボディアーマー着用の上、拳銃携帯、万が一の場合の発砲許可も下りている』
來嶋の声は、いつにもまして淡々としていた。
――『機動隊と所轄に応援要請、爆発物処理班を待機させる』

予想を上回る厳重な警備体勢に、一同は息を呑んだ。

――『このチャンスを逃せば、アメリカに降り立つまで襲撃のチャンスはなくなる。向こうがその気なら本気でしかけてくるはずだ』

情報など、どこからでも漏れると、その口調は言っていた。

現にこのホテルにルーファスが滞在していることは、すでにバレている。仕掛けてこないのは、警護が厳重でつけ入る隙がないからだ。

腰に腕がまわされた。

頬に大きな手が添《そ》えられる。長い指が、浅海の唇を撫でた。

「私がどうなろうと、君には関係ない」

そうだろう？　と、エメラルド色の美しい瞳が、すぐ間近に微笑む。

「ああ、関係ない」

浅海は、冷淡にも聞こえる声で返した。

「おまえが死のうが生きようが、関係ない」

強い口調で再度確認しようとしたそれは、わずかに語尾が掠れていた。

だがルーファスは、それに言及してこない。

ひたと注がれるエメラルドの眼差しがもたらす甘美な何か。禁断の果実の甘さを知る喉が渇きを訴える。食らってしまえと、唆《そそのか》す声。

それを浅海は、懸命に振り払う。けれど、ギリギリの攻防にも、限界があった。

「なぜマフィアになどなった？」

「それは、ＳＰとしての質問じゃないな」

「なぜ改悛しようとする？」

「その質問には、もう何度も答えたはずだ」

浅海が淡々と繰り出す質問に、ルーファスは笑いさえ含んだやわらかい声音で打てば響くように返してくる。

だが、一呼吸置いたあと、噛み締めるように吐き出した問いには、わずかな躊躇いを見せた。

「なぜ、俺を抱く？」

すでに答えなど出ている問い。それをあえて口にした。ルーファスは、フッと口許をゆるめる。緑眼が細められて、そして唇に吐息が触れた。

「……暇だから」

触れるか触れないか、ギリギリの距離で告げられる、最低最悪の返答。

だが浅海は、男の胸を突き飛ばさなかった。

唇が重なると同時に、はじめて自分から男の首に腕をまわした。

「……んんっ！」

数度啄ばんだあと、深く合わされて、奥まで貪られる。

襟足の伸びた金髪に指を差し入れて、そのやわらかな感触を味わう。

口づけに興じながら、互いの着衣に手を伸ばして、ベッドルームに辿り着くまでの間に脱ぎ散らかした。

男がまとうのは、左手首にはめた無骨な腕時計だけ。

浅海がまとうのは、ふたり分の汗の匂い。

瞬く間に熱を上げる肌を持てあまして、上に下に頻繁《ひんぱん》に体勢を入れ替え、まさぐり合う。

何度目か、喉元に噛みつかれて、浅海はシーツに沈んだ。脚を捕られ、腰を抱えられて、前戯もなく一気に貫かれる。

「ひ……っ！　あ…ぁ、は……っ」

突き抜ける痛みと、その奥から湧き起こる情動。決して甘いものではない、激しすぎる欲が、浅海の理性を押し流す。しなやかな脚を男の腰に絡め、広い背に縋る指先に力を込めた。

それに煽られたかに、穿つ動きが激しさを増して、粘着質《ねんちゃくしつ》な音が鼓膜を焼く。その羞恥に耐えられず頭《かぶり》を振ると、上から不敵な呟きが堕ちてきた。

「どうせ最後だ。思いっきり乱れてみせろ」

刹那《せつな》的でありながら、常の余裕を失わない声。その声が、今は情欲に濡れている。

「は…ぁ、……あぁっ！」

胸につくほど膝を折り曲げられ、ぐいっと太腿を開かれて、荒々しいまでに揺さぶられる。突き上げに押し出されるように、嬌声があふれた。

情緒もなにもない、ただ繋がるだけのセックス。だからこそ、奔放《ほんぽう》に、本能の求めるままに、快楽を甘受することができる。

「う…ぁ、あぁっ！　んん…っ、——……っ！」

蕩けた内部を抉られ、擦られ、最奥まで穿たれて、思考が白く染まるほどの喜悦に、背を震わせる。背がシーツから浮くほどに仰け反り、露わになった白い喉に、身をかがめた男が食らいついた。

「ひ……っ！　痛……っ」

ひしっと掻き抱く広い背に、爪痕が刻まれる。

弾けた白濁が、浅海の白い胸を汚す。その直後、身体の一番深い場所で、男の情欲が弾けた。

「……っ！　ふ…ぁ、ん……っ」

ひくりと身体が戦慄《わなな》く。熱い体液を受けとめた狭い器官は歓喜に震え、より淫らに蠢いた。

「厭《いや》らしい身体だ。誰に教わった？」

余韻を長引かせるように、浅海の内部の締めつけを味わっていた男が、喉を鳴らして笑う。

「……金髪緑眼の、サイテーな男に……」

掠れた声で返せば、男の口許に刻まれる笑みが深さを増した。

「あ……んっ」

ズルリと欲望が引き抜かれて、吐き出された蜜が太腿を汚す。

大きな手に膝を押さえつけられて、狭間に視線を落とされ、浅海は白い手で顔をおおった。けれど、逃げるようで悔しくて、そのまま指を前髪に滑らせ、汗に濡れた黒髪を掻き上げる。

その手を掴んで引き上げられ、少々乱暴に身体を裏返される。腰骨を掴まれて、狭間を剛直に擦られた。

「は…ぁ、んんっ」

さきほど放ったばかりだというのに、すでに力を取り戻した欲望が、双丘の狭間に埋められる。

「ん……っ、あぁ……っ」

繋がった場所を揺すられて、背筋を震えが走った。

触れられてもいないのに、浅海の欲望が頭を擡げはじめる。背を撓らせて上体を支え、後ろからの揺さぶりに耐えた。

シーツに突っ伏した状態で、悩ましい声を上げる。

縋るものを求めて、シーツをぐしゃぐしゃに手繰《たぐ》り寄せた。

その手に背後から大きな手が重ねられて、指と指を絡めるように握られる。上体を倒した男が、首筋に食らいついた。

「あぁ……っ！」

穿つ角度が変わって、背筋に衝撃が走る。だがそれもすぐに喜悦にとって変わられて、浅海は髪を振り乱した。すると今度は、肩口に歯を立てられる。

「は…ぁ、あ……」

喉を震わせる掠れた声。

背に感じる体温。

「侑《ゆう》……」

耳朶に、低い声が落とされた。

紡ぎそうになる男の名を呑み込んで、浅海はぎゅっとシーツを握る。

霞む視線の先には、重ねられたふたりの手がある。握り合うことのかなわない手がある。

顔が見えなくてよかったと思った。

羞恥と快楽だけではないものに染まった顔など、見られなくてよかった。

「――……っ！」

深い場所を突かれて、浅海の欲望が爆《は》ぜる。だが、埋め込まれた肉棒に萎える気配はなく、腹にまわされた男の手が、浅海の腰を抱えた。

先端から雫を滴らせ余韻に震える欲望をあやして、太腿を撫で、繋がった場所をくすぐる。

「ん……っ」

耳朶を食《は》まれて、ゾクゾクと悪寒にも似た感覚が背を駆け上った。

一度放ったあとのルーファスは、いつも嬲るように浅海を抱く。悪趣味なことにも身悶える姿を鑑賞して、焦らして、奉仕させ、貫く。

けれど今日は、体勢を変えて何度も激しく穿たれ、繋がった場所からあふれるほどに精を注ぎ込まれた。

何度目か、対面で抱き合いながら下から貫かれ、飽きるほどに口づけを交わす。

目の前には、美しいエメラルド色。指に絡むのは、眩い金糸。

あの夜と、何もかわらない。

なのに、何もかもが違う今。

「侑……」

またも呼ばれて、けれどやはり、呼び返さなかった。

ルーファスも、それを咎めはしない。ただ痛いほどに肌のいたるところに、痕跡を刻みつけるだけ。

「不安に駆られているのなら、余計なことだ。俺たちが、絶対に守る」

万が一の可能性を考えて焦燥《しょうそう》に駆られているのなら、失礼極まりないと、汗に濡れた後ろ髪を引っ張りながら訴える。

死なせはしないと、言ったはず。

この身を楯にしても、守ってみせる。

「ヤりだめしているだけだ。刑務所に入れられたら、しばらくはできないからな」

茶化した口調で返されて、浅海は眉間により以上の皺を刻んだ。

「下品…な……っ、は…ぁっ」

下から突き上げられて、しなやかな背が撓る。

どうあっても男は、本心を語らないつもりらしい。何ひとつ、真実など存在しない。

くしゃりと金髪を掻き乱す。大きな手が、浅海の両頬を包み込んだ。

「楽しかった。いい退屈しのぎだったよ」

口許に浮かぶ、軽薄な笑み。

なのに目の前にある緑眼には、ゆるぎない何か。

それを探ろうとする自分に気づいて、浅海は胸中でひっそりと自嘲する。

「こんな任務は、二度とごめんだ」

熱い息に胸を喘がせながら、最後までふざけた態度を崩さない男を睨み据える。その瞳は、瞼に落とされた口づけによって、閉じざるをえなくされた。

7

ルーファス・マクレランの移送日当日。

迎えに現れたのは、ふたりのＦＢＩ捜査官だった。片方はまだ若い青年、もう片方は若干頭の薄くなったベテラン。

「スコットです。このたびはご協力感謝します」

あいさつをしたのは、ベテランのほう。若い青年のほうはドイツ系らしく、クルーガー捜査官と名乗った。

スコット捜査官が、この期に及んでも飄々とした態度を崩さないルーファスを睨《ね》めつける。

「いい姿だな、ルーク。これでおまえも年貢の納め時だ」

追う者と追われる者と。長年の確執があるのだろうか、スコット捜査官はそんな言葉をかけた。

「どうかな。でもこれで、俺は証人保護プログラムによって守られることになる。捜査途中の事故に見せかけて殺すことは、もうできないな」

「……っ、口の減らないやつめ」

犯人は、問答無用で射殺されてもおかしくないのが米国の捜査現場の現状だ。逮捕が無理なら撃ち殺してしまえと、捜査官が考えてもおかしくはない。

だが、日本警察に身を置く、この場に居合わせる面々には到底同意できないことで、浅《あす》海《み》をはじめ一同は揃って、ふたりのやりとりに眉を顰める。

よほどのことが過去にあったのか、スコット捜査官は憤りに拳を揺らしている。その様子を奇妙に感じながらも、状況のわからない浅海には、理由を問うことはできない。もちろんSPとして出すぎた行為だと、自身を諌める気持ちが自制したのもある。

ルーファスは、口許に浮かべた笑みを消さない。

その手には、重い手錠がかけられているというのに。

緑眼に浮かぶ落ち着きが表面的なものではないことが、浅海にはわかる。

今朝、浅海が部屋を訪ねたときから、男の態度は変わらない。

ひとついつもと違うところがあるとすれば、ホテル滞在中ずっとラフな格好をしていたルーファスが、今日はスーツを身につけていること。

浅海がドアを開けたとき、袖のカフスをとめていた。ソファの背に投げてあったネクタイをとって浅海を呼び寄せ、おもむろにそれを手渡してきた。

いったいなにを…と目を丸めたら、顎を突き出してくる。「結んでくれるかい？」と言われてやっと納得したものの、自分でできるだろうにと呆れた。断る理由もなかったら、結局は結んでやったけれど。

「ありがとう」と、頰に返されたキス。

浅海の頤を軽く捕らえていた左手には、あの腕時計。

それからいったんウォークインクローゼットに引っ込んで、ベストとジャケットを着て現れた。

スコット捜査官が着いたのは、その直後。

ドアの開く瞬間、ルーファスはその緑眼をわずかに眇めたけれど、そこに何が込められるのか、計り知れない。

絞首台に向かう諦念に近いものなのか、それとも未来から差し込む光でも見えていたのか。

ルーファスの乗る車には、いつも通り、浅海と神野《じんの》、ステアリングを握るのは今日は和喜多《わきた》だ。

前後にも警護車両。前の車にスコット捜査官とクルーガー捜査官と同僚SP、後ろの車には來嶋《きじま》ともうふたり。

さらに一般車両に紛れた所轄署からの応援部隊と、機動隊と爆発物処理班はいつでも出動できるように待機している。

その爆発物処理班によって、車両の安全点検は事前に念を入れて行われた。

車両爆破は、マフィアのもっとも好む手段のひとつだからだ。派手で、しかも確実だ。

「君が、隣にいてくれるかい？」

車に乗り込むとき、振り返ったルーファスはそんな希望を告げた。言われなくてもそのつもりだったが、念のため神野とアイコンタクトを交わして、頷く。

空港までのルートは、いくつかあるうち、どれを選ぶか直前になって決められた。その決定を下したのは來嶋だ。

車両の隊列は、予定通りホテルの地下駐車場を出発した。

そして同時に、目くらましのダミー車両が、ホテルのエントランスを出る。本隊とは別ルートを使って空港へ向かうのだ。

いずれも、都心部を抜けて、千葉《ちば》方面へ。

高速道路に乗ってしまったら、信号という邪魔がなくなるかわりに、敵も逃げ道を失う。

インターチェンジを封鎖してしまえばそれまでだ。自爆テロでもない限り、犯罪は逃走路の確保が最重要命題なのだから。

つまり、狙われるのなら、高速道路に乗る前の確率が高い、ということになる。新空港インターチェンジを降りれば、国際空港は目と鼻の先だ。

だが、一般道路で襲われれば、対向車両や通行人を巻き込む危険性はより増す。できるだけ交通量の少ない時間を狙っての移動ではあっても、完全にとはいかない。

高速道路に比べて一般車両が逃走を阻む確率が増すとも考えられるし、同時に追跡の邪魔にもなるから、何をメリットを考えるかは襲撃計画次第だ。

どちらにせよ、ルーファスを飛行機に乗せるまで、安堵できないということ。

離陸したからといって安全が確保されるわけではないが、そのさきは浅海たちにはどうにもならない。

だから、できる範囲で、できる限りのことをするだけだ。

「東京《とうきょう》も見おさめか」

防弾ガラスの向こう、ガラスに施されたスモークのために一枚フィルターを介したように見える薄暗い空と高層ビル群を眺めて、ルーファスはポツリと呟いた。

神野と和喜多の目があるため、浅海は言葉を返さない。どんなマルタイを警護するときも同じだ。ひとりごとを聞こうが、胡散臭《うさん》い会話を聞こうが、全部聞かなかったことにして、壁に徹する。警護に慣れている政治家などは、ＳＰの存在を気にかけもしない。

幹線道路は、スムーズに車が流れている。

都心を少し外れれば、整備された大きな道路沿いにはオフィスビルなどが並び、ウインドウショッピングを楽しむ通行人の数はぐっと減る。

あと少し走ったら、警視庁の管轄区域を抜けてしまう。当然隣接県警にも応援要請はされているが、指揮命令系統が煩雑《はんざつ》になるため、手違いがおきやすい。

浅海が、そんなことを考えていたときだった。

さきに待つ橋の中央当たりに、大型車両が停まっているのが見えたのは。

前にミニパトが停車している。事故か何かだろうか。

だが、橋にさしかかる前、視力を誇る浅海の目が、違和感を捉える。ボディを箱型《バンタイプ》に架装《かそう》した大量物流によく使われるタイプの大型トラックの側面に、社名などのペイントがまったくないのだ。

「和喜多、注意しろ」

「……え？」

浅海がステアリングを握る後輩に注意を促したとき、前の車両から無線が入った。

『右前方、事故車両。注意しろ』

『了解《ラジャ》』

後方継続車から応えが返る。

「了解」

神野も、無線を取り、それにならった。

対向車の姿がない。事故車両が片側を塞《ふさ》いでいるため、向こう岸で止めているらしい。

バックミラーを確認すれば、來嶋の乗る警察車両以外の追随《ついずい》車両もない。

おかしいと、感じたのは、たしかに浅海の直感だった。SPとして培った、危機感知能力だ。

和喜多が車のスピードをゆるめた。

事故車両は、どんどん近づいてくる。

「なるほど」

隣のルーファスが不敵に呟くのを、浅海の鼓膜が拾った。

——……え？

視界がまず捉えたのは、前を見据える獣じみた危険極まりない眼差《まなざ》しと、その口許に刻まれる笑み。

ガチャリと金属音がして、それに誘われるように視線を下げれば、ルーファスの両腕を拘束していたはずの手錠が、まさしく今、彼の足もとに落ちるところだった。

——な…に……？

縄抜けのマジックなど、種の仕込みがあるから成立するだけのものだ。イリュージョンにいたっては、視覚効果を利用したショーにすぎない。

抜けられるわけがない。

鍵がなければ。

「な……っ」

だが、浅海がルーファスを拘束するために動くより早く、予期せぬ衝撃が車を襲った。

タイヤを鳴らして、車体がスピンする。身体を襲う横G。和喜多が咄嗟の判断でブレーキを踏んだのだ。

「——……っ！」

状況を理解する前に、浅海は動いていた。咄嗟にルーファスの身体を自身の腕に抱え込む。

つづいて襲ったのは、車体に撃ち込まれる銃弾の衝撃だった。特殊耐弾ボディは、凹《へこ》むだけで弾を通しはしないが、衝撃は否めない。

事故車両の大型トラックの観音《かんのん》扉の向こうに隠れていた武装集団が襲ってきたのだと、すぐに理解はできたが、こんな場所でこれほど派手な襲撃を仕掛けてくるとは、予想外だった。

武装した兵士たちは、この車に狙いを定めている。

たぶんきっと、ダミーは襲撃されていない。つまり、情報が完全に漏れている、ということだ。

前方の車両は、ドアを楯に武装兵士と撃ち合いになっている。後方の車両は、流れ弾を警戒して、出るに出られないでいる。この状態で手榴弾《しゅりゅうだん》でも投げ込まれたら、いくら特殊車両といっても一巻の終わりだ。

「おまえ、どうやって手錠を……！」

それどころではないとわかっていて、でもたしかめないわけにはいかなかった。

浅海の身体の下から抜け出したルーファスは、ただ前方に視線を向けている。武装兵士が、スコット捜査官に撃ち殺される瞬間が、浅海の目にも映った。問答無用で撃ち殺している。この状況では仕方がないが……。

「和喜多！　車を出せ！」

「ダメです。前の車両が邪魔で……」

「なにをやってるんだ！」

「一号車！　道を開けろ！」

神野が無線に怒鳴ったが無駄だ。向こうはドアを開けて撃ち合いになっているのだから。

そのとき、突然地響きが轟いた。

車体が揺れるほどの衝撃が襲う。

一瞬最悪の状況が頭を過ったが、自分たちの乗った車両が爆破されたわけではなかった。

顔を上げれば、フロントガラスの向こうに、予想外の光景。

『トラックのボディが爆発した！』

無線の声は、來嶋だった。

もうもうと立ち込める黒い煙と立ち上る炎。爆発に巻き込まれたらしき武装兵士たちが倒れてる。

「どうなってるんだ……？」

呟いたのは和喜多だった。

自爆？

それとも仲間割れ？

舌打ちが聞こえる。音を辿った先にいたのはルーファスだった。

視界の端に、男がスーツの下から、拳銃を取り出す光景が映った。

――な…に……？

そんな馬鹿な。

チラリと見えたのは、脇に仕込むタイプのホルスター。そんなもの、誰かが用意しなければ、男が身につけられるわけがない。

いきなり車内に銃声が響く。開くはずのない、ルーファス側のドアが開いた。銃弾を撃ち込んでロックを壊したのだ。

流れ弾などの危険をまるで気にかける様子もなく、ルーファスは素早い身のこなしで車を降りる。

「……！　ルーファス！　待……ルーク！」

咄嗟の判断で車を降りたのは、浅海も神野もほぼ同時だった。そのあとに和喜多がつづく。

「ルーファス・マクレラン！」

反射的に、銃口を向けていた。神野も、男に狙いを定めている。だがスコット捜査官のように、問答無用で頭を撃ち抜くことなどできない。それがわかっているのだろう、チラリとこちらに視線を向けた男の顔には、わずかの焦りも恐怖もなかった。

「止まれ！　止まらなければ撃つ！」

足を狙えば命の危険なく動きを封じられる。だが――。

「撃つな！」

制止の声は、來嶋のものだった。

その一瞬の隙に、ルーファスの姿は黒煙《こくえん》の向こうに消えてしまう。

「待て……！」

追おうとした神野の腕を、銃弾が掠めた。武装兵士の生き残りが、黒煙を上げるトラックを楯に狙っている。浅海は迷わず、その腕を撃ち抜いた。

そして、來嶋の制止も聞かず、ルーファスを追う。

黒煙をくぐり抜ける途中、アスファルトの上に転がる武装兵士たち。

スコット捜査官に撃たれたのだろう、一撃で絶命している者、トラックの爆発に巻き込まれて、命があるのかないのかわからない者、それから、両足を撃ち抜かれて、身動き取れなくされている者。

その、まだ息のある兵士の身につけた装備から武器が奪われているのを、駆け抜ける一瞬の間に浅海は確認した。

黒煙と飛び散る火花の向こうから、銃声。

「……！　ルーク！」

懸命に男の名を叫べば、銃声の向こうから声がした。

「くるな！」

制止を呼びかける声は、ルーファスのもの。

身体に衝撃を感じて、地面に投げ出される。その上からおおいかぶさる大柄な身体。

「頭を下げろ！」

怒鳴られて、身を竦める。

神野はふたりとは逆側、橋の欄干《らんかん》に身を寄せて、銃撃をしのいでいた。

身体を引きずられ、トラックのボディの影に身を潜める。前の車両は武装兵士に乗っ取られたのだろうか。スコット捜査官は？　クルーガー捜査官は？　仲間のＳＰは？

「ルーク!?」

平然と弾倉を取り替えているのを見て、浅海がその手を掴む。

「逮捕したいならしてくれてかまわないが、この場を生き抜いてからにしてくれ」

「俺の仕事はおまえを守ることだ！」

反撃など必要ない。車に戻るぞと、腕を引くと、抵抗があった。

「……っ！」

視線を向けると同時に、こめかみに銃口を突きつけられる。自分の銃は、手のなかにあるが、銃口は下を向いていた。

「悪いが、見逃してもらう。やらなければならないことがあるんだ」

「……ルーク？　……っ！」

鳩尾《みぞおち》に衝撃。

うずくまった隙に、男は黒煙の向こうへ駆けて行ってしまう。

「く…そ……っ」

銃声が何発か轟いて、その都度悲鳴が聞こえた。それがルーファスのものでないことを祈りつつ、衝撃から立ち直った浅海は男を追う。

「ルーク！　ルーファス・マクレラン！」

視界が開けて、前の車両が見えた。山ほど銃弾を浴びて、ボロボロになっている。その前で、ルーファスは拳銃を構えていた。

「……っ!?」

銃口の先にいるのは、スコット捜査官。

クルーガー捜査官は、車の向こう側に倒れてのたうっている。命はあるようだ。視界の端に、同僚のＳＰも同じ状態にあるのを捉えた。

銃声が一発。

スコット捜査官の肩が撃ち抜かれる。つづいて、両足の甲を撃たれ、その場に崩れ落ちた。

「ひ……っ、ひぃぃぃいいい……っ」

悲鳴と、血の匂い。

正確な射撃は、まさしく暗殺者たる冷徹《れいてつ》さを見せ、「許してくれ」と懇願《こんがん》する男に向けられる眼差しには、冥《くら》い色。

「やめろ……！」

浅海は、ルーファスがスコット捜査官をなぶり殺しにするのだと思った。

駆け寄ろうにも、武装兵士から奪ったものらしい拳銃を向けられて、足が止まる。右手の銃口をスコット捜査官に向け、左手の拳銃をこちらに向けているのだ。

神野と和喜多が駆けつける。その後ろから來嶋も。

來嶋以外の面子は、反射的に銃を構えていた。防御の壁に徹するのがＳＰだが、その拳銃の腕前は捜査にかけずりまわる刑事など足元にも及ばない。警視庁のトップクラスが集められている。

だが、部下のつくる壁を掻きわけて前に出た來嶋が、無言のまま銃を下ろせと片手で指示を出した。

「……？　來嶋さん？　なんでですか!?」

銃を下ろすのを躊躇い、噛みついたのは和喜多。浅海も、銃を構えたままだ。

「下ろせ。その必要はない」

どうせ敵は皆戦闘力を奪われて転がっている、と周辺でのたうつ武装兵士たちを見やって言う。

意味がわからない。

敵なら、まさしく今、目の前にいるではないか。

「マクレラン……貴様……っ」

スコット捜査官のがなり声。

ルーファスは、ますます冷ややかな眼差しで、男を睨む。そして、酷薄な笑みを浮かべた唇を開いた。

「まんまと俺を始末する気でいたんでしょうが、残念でしたね」

地を這うような、深く冥いなにかを孕んだ声だった。

「あいつらも巻き込まれてかわいそうに。さっさと本国に引き上げていれば、貴様に利用されることもなかったろうに」

周辺に転がる兵士たちを憐《あわ》れむ口調はしかし、総毛立つほどに冷えている。

「な、なぜだ！　なぜ……！」

肩と両足を撃ち抜かれたスコット捜査官は、真っ青な顔で喚き散らした。その眉間に容赦なく銃口を定めたまま、ルーファスは緑眼をさらに眇める。

「これに、見覚えはありませんか？」

手にしていた銃を腰にさし、左手首を掲げて見せる。そこには、あの腕時計。

スコット捜査官は、わからない…と、ぎこちない動きで首を横に振った。

「でしょうね。保身のために殺した男の遺品など、興味のないものでしょう、あなたにとっては」

――……!?　殺した？

マフィア捜査の過程で、ルーファスの知り合いがスコット捜査官に殺されたということか？　あの話が本当だとすると、彼の兄がということになる。改悛するふりで、その報復の機会を虎視眈々《こしたんたん》と狙っていた？　しかし、保身のため…というのは？

わからないことだらけで、頭が混乱する。

來嶋はなぜ、こんな暴挙《ぼうきょ》を止めないのか。

これでは、ふたりの関係が逆転してしまっている。

トリガーにかけられた指に力が込もる。

いけない…と、浅海は來嶋の命令をやぶって銃を構えた。

拳銃だけ、撃ち落とせばいい。

距離が近いから男の手も傷つくだろうが、それは致し方ない。

「浅海！」

來嶋の声は、聞き流した。

自分の目の前で殺しなどさせるものか。

だが、銃弾は放たれなかった。

恐怖のあまり、スコット捜査官が失神してしまったのだ。出血多量も影響しているのかもしれない。

「殺しはしない。生きて、証言台に立ってもらう。自害する気概《きがい》など、貴様にはないだろう」

それだけ言うと、ルーファスは銃口を下ろす。そして、こちらに視線を向けた。

手にしていた銃をゆっくりと足元に置き、こちらに蹴る。乾いた音を立ててアスファルトを滑ったそれを、浅海が取り上げた。

そのとき、やっと薄くなりはじめた黒煙の向こうに、黒い影を見る。

「機動隊？」

背後にも同様に。機動隊が、橋の両端を固めている。

連絡が入ったのだろう。もともと万が一に備えて待機していたのだから、有事《ゆうじ》の際には出動して当然だ。けれど……なんだろう、この説明のつかない違和感は。

「救急車は⁉」

「消防車もだ！」

ふいに周囲が慌ただしくなる。

遠くから、サイレンが聞こえはじめた。

自ら浅海に歩み寄ってきたルーファスは、両腕を揃えて差し出す。見上げた先に見た緑眼は、たゆたう大海原のように穏やかだった。

「怪我は？」

「……え？」

「殴ったりして悪かった」

「……」

頬にできた擦り傷を、硝煙《しょうえん》の匂いをまとった指がやさしく撫でる。

手錠をかけたものかと躊躇いながらも、身動きが取れない。

「時計が……」

さきほどは文字盤が見えなかったから気づかなかった。文字盤をおおうカバーにひびが入り、針が止まっている。今朝まで……いや、今さっきまで、正確に時間を刻んでいたはずだったのに。

浅海の指摘を受けてはじめて気づいたらしい、少し驚いた顔で腕時計を確認したルーファスは、ややしてふっと表情をゆるめた。そこには、なにかを懐かしむ色が見て取れる。

「おまえももう、休みたいんだな」

壊れた腕時計を愛しげに撫でて、呟いた。

手首から外したそれを、浅海の手に落とす。

「捨ててくれ」

「……え？　だって、これ……」

話を総括すれば、兄の形見ということになる。そんな大事なものを、壊れたからと言って簡単に捨ててしまっていいのか？　それとも、やはりあの話は嘘？

戸惑いを隠すこともできず、見つめ合う。

そこへ割って入ってきたのは、思いがけない人物の声だった。

「派手にやったものだな」

淡々と、この惨状に驚いた様子もなく、まるで心にもないと感じられる感嘆を呟くのは神野の兄。

「兄貴……」

神野の眉間に深い皺が刻まれる。その目が険呑さを増した。だが來嶋に一瞥で制されて、ぐっと奥歯を噛み、口を噤む。

そんな弟の様子が目に入っていないわけがないのに、神野兄は涼しい顔でルーファスの前に立つ。そして、ルーファスと彼自身以外にはわけのわからない言葉を告げた。

「FBIから連絡があった。データの復旧と修正がかなったそうだ」

だがそれは、ルーファスにとっては待ちかねた連絡だったらしい。ニヤリと口角が上がる。

「ご希望通り、できる限りは生かしておきましたよ」

そのひと言で、神野の兄がすべての黒幕であることが知れた。そして、司法取引以前に、ルーファスと神野兄が、なんらかの取り引きをしていたらしいことも。

たとえ犯罪撲滅に繋がる計略だったとしても、辿った経路如何《いかん》によっては、下手な犯罪以上にえげつない。黒幕と称してさしつかえないはずだ。

ふたりのやりとりを聞くSPたちの抱く憤りなど、わからないはずもないだろうに、ふたりは飄々としている。

「そこの、幹部のパシリだった男です。ほかのやつらよりはマシな証言が取れるでしょう」

たぶん彼自身がその足を撃ち抜いたのだろう、近くに転がって泡を吹いている兵士のひとりを指しながら、ルーファスは神野兄にそんな言葉を返し、乱れた金髪を掻き上げた。

そしてひとつ大きく息をつく。

神野は、渋い顔で背を向ける。

その向こう、來嶋の横顔を見て、上司は全部知っていたのだと、浅海は確信した。だが來嶋が神野兄に向ける眼差しには、濃い不満の色が見て取れる。

傷を負った者たちが次々と担架で運ばれていく。

浅海が手にした手錠をしまわせたのは、來嶋ではなく、神野の兄だった。

8

浅見《あすみ》に……いや今回の任務にかかわったSP一同に真相が知らされたのは、事態の収拾がついたあとのことだった。


ルーファス・マクレラン、連邦捜査局《FBI》特別捜査官。

潜入捜査を得意とする。

家族なし。両親は三歳のときに他界。

同じくFBI捜査官だった実兄アメディオ・マクレランは、五年前、潜入捜査中にマフィアによって暗殺されている。

なお、ガローネ・ファミリーへの潜入捜査に関しての指揮、パイプ役は上司であるロナルド・スコット捜査官が務める。

閲覧《えつらん》を許された資料に目を通して、浅海はワナワナと拳を震わせる。

ルーファスの警護にあたったチームの面々も、一様に渋い顔をしていた。当然だろう。何も知らされず、騙されて、FBIと警察庁のいいように使われて、あまつさえ危険に曝されたのだから。

あの翌日、追っかけでFBIから派遣されてきた捜査官から、身分証明と正式なパスポートを受け取ったルーファスは、それを提示の上、FBI捜査官としてSPの面々の前に立った。その傍らには、ルーファスと組んで今回のことを計画した張本人である神野《じんの》の兄の姿もある。

潜入捜査に入る時点で、FBI捜査官としての登録は抹消されてしまっている。潜入後にスコットとマフィアの関係に気づいたルーファスにとっては、スコットを逮捕し、すべて自供させることだけが、マフィアではなく潜入捜査官だと証明する手段だったのだ。

そして、そのルーファスと手を組んで、神野の兄はマフィア摘発を計画した。FBIと情報をやりとりしつつ、しかしルーファスの素性とスコット捜査官の裏切りには言及しなかったと思われる。

「つまり我々を、コマとして利用した、ということですか」

一番に刺々しい言葉を吐いたのは、神野だった。相手は実兄だが、任務中である限り、肩書が優先される。

「人聞きの悪いことを言う。計画のすべてを話さなかっただけだ。もちろん、すべてを知る立場にあるなどと、思い上がっているわけではあるまい？」

たまたま舞い込んだ、人気俳優エセルバート・ブルワーの警護依頼。彼を暗殺するために組織から送り込まれたルーク。だがその時点で、すでにルーファスの計画は進行をはじめていた。

どういう経緯があったのか、ルーファスのほうから接触を図ったのだろうが、ルーファスと繋がりを持った神野の兄は、彼の置かれた状況を利用することで、日本において着々と勢力を広げつつあるガローネ・ファミリーの壊滅を企んだ。途中まではきっと、暗殺者ルークの語る内容が嘘でも本当でもかまわないくらいに思っていたのだろう。彼には、すべてを自分の思惑《おもわく》通りに進める自信があったのだ。

だが、そこにあるのは、単純な正義感などではない。そうすることで、FBIに対しての発言力を強め、何かしらの働きかけを目論《もくろ》んだがゆえの計略だろう。だがそれは、一SPの知ることではないし、一生知らされることのない、お役所の問題だ。

手厳しい反撃に、神野は口を噤む。

話を総合すれば、暗殺者ルークに狙われていた彼の恋人は――それ以外の危険がまったくゼロだったとは言えないが——そもそも命の危険はなかったということになる。無駄に与えられた恐怖を思えば、恋人を想う神野が我慢ならないのは当然だ。

だが、兄を詰《なじ》ったところで意味はないと判断したのだろう。かわりに、今度はルーファスに質問を向けた。はっきりと本人の口から確かめないことには、納得がいかないのだ。

「ミスター・ブルワーを襲ったのは？」

暗殺者としての名声も、つくられたものだった。当然だ。ＦＢＩ捜査官が殺人など犯せるはずがない。たとえ相手がマフィアのボスでも。

「もちろん私です。でも、怪我はしていないはずだ。君も、かすり傷だったろう？」

平然と言い返されて、神野の目がスッと細められる。

あのとき神野は、恋人を守るために必死だった。それが、すべて兄とルーファスの書いた脚本に乗せられた結果だったと聞かされては、憤らないわけがない。

「ええ、とても綺麗に肩を撃ち抜いてくださいましたから」

地を這う声にも、ルーファスは動じなかった。

「君の弾は容赦なかった。あやうく腕が動かなくなるところだったよ」

含みのある笑みを浮かべ、神野に撃たれた腕をさすってみせる。

神野を撃ったのは、自分を逮捕させるため。致命傷にならない場所を狙って撃ったのだという。

　ほかの銃弾もすべて、当たらないように計算していたと言われて、神野と浅海以外の一同が唖然と惚けた。万が一の事態が起きたらどうするつもりだったのか…なんて正論は、きっと意味のない指摘なのだろうが、どうしても言いたくなる。

　当然のことながら神野は腹の納まらない顔で、行きがかり上そうなってしまったのだとはいっても、無関係の人間を巻き込んだことに違いはないと指摘する。犯罪捜査のためなら、無関係の一般人を巻き込むのみならず利用していいのか、と。

「それに関しては、申し訳なかったと思っている。だがおかげで、ガローネ・ファミリーは壊滅状態だ。あとはニューヨーク当局がうまく処理してくれるだろう。そうしたら君の大切な人も、そのお父上も、もう命を狙われることはない」

　そもそもエセルバート・ブルワーがマフィアに狙われたのは、彼の父親である上院議員の政治活動が問題だったわけで、それさえなければ彼が今回の事態に巻き込まれることはなかったはずだと、屁理屈だとしか思えない言葉を返してくる。ブルワー上院議員への攻撃が最高幹部会《コミッション》の決定によるものだった場合、そんな簡単な話ではないというのに。

　神野の気持ちが納まるわけがない。

　浅海自身、結果オーライなら何をしてもいいと思っているのかと、胸倉を掴んで揺さぶりたい気持ちに駆られるものの、実行できるわけもなかった。

「逮捕した連中は、退院しだいＦＢＩに移送される。もう護衛は不要だろう。皆、ご苦労だった」

來嶋《きじま》に口出しさせないつもりなのか、神野兄が解散を命じる。

一発殴らなければ気がすまないと思うものの、どうせできないのだからもうどうでもいいと、真っ先に部屋を出ようとしたら、後ろから二の腕を掴まれた。

「彼を、貸していただきますよ」

「……！　ルーク!?」

逃げようとしたのを咎めるように、腕を掴む力は容赦なく、肌に食い込む。

「突き当たりの会議室を使いたまえ」

面白そうにそんな言葉を投げるのは神野の兄。視界の端に、來嶋の眉がつり上がるのが見えたが、それ以上は確認できないまま、浅海は強引な男によって部屋から連れ出されてしまった。

「放せ……っ」

仲間の視線が痛いなんて、気にするのもいまさら。

体術をしかけようにも、さすがはＦＢＩ捜査官というべきか、まったく思うようになららない。そのまま神野兄のすすめにしたがって同フロア奥の会議室に連れ込まれた浅海は、男の腕を振り払い、距離をとった。

「つれないな」

「潜入捜査の途中、その気になった火遊びの相手がたまたまSPだっただけのことだと理解しています。責めるつもりはありません」

「その声が、充分怒っているように聞こえるのは、私の被害妄想かな？」

「そうです。自意識過剰なんじゃありませんか？」

早口にまくし立てて、悪びれない男を睨めつける。

「きついな」

苦笑して肩を竦め、ルーファスは一歩二歩、進み出た。

浅海はじりっとあとずさる。

「これはお返しします」

ポケットから取り出したものを差し出せば、男はゆっくりと歩み寄ってきて、それに手を伸ばした。

「……っ！」

引こうとした腕を掴まれて、引き寄せられる。

背に腕がまわされ、広い胸に抱き込まれて、浅海はかろうじて両手を突っ張った。すぐ間近に、エメラルド色の瞳がある。

「あの夜、私がなぜ本名を名乗ったか、わかるかい？」

「……っ、興味ありません」

以前に一度、浅海自身が尋ねた問い。だがもういまさら、返答など欲しくはない。

「渾名の由来は本当だ。もちろん兄の話も、兄の婚約者が日本女性だったことも……ふたりの乗った車が爆破された件は、話してなかったな」

「……っ」

思わず息を呑んで目を瞠り、緑眼を見返す。

「マフィアの逆恨みを買ったんだ。その当時からスコットは、マフィア捜査の最前線に立つ一方でやつらと通じていて、情報を流していた。兄を殺しておきながら、友人面で平然と兄の葬儀に日本の菊を携えてきた」

浅海が緑眼の奥に垣間見た揺るぎない何か。それは、復讐心とはうらはらの、ＦＢＩ捜査官としての使命感だったのだと気づく。

捜査官としてのプライドを捨てたスコットに対して、ルーファスは私刑を行わず、司法に委ねることを選んだ。あのとき……スコットに銃口を向けたとき、男は葛藤《かっとう》していたはずだ。殺してやりたい気持ちと、同じ場所に堕《お》ちてはならないと言い聞かせる良心……いや、兄の声と。

腕のバリケードを解いて、この背を抱き返したい。

金の髪を胸に掻き抱いて、思いっきり泣かせてやりたい。

そんな衝動を、浅海は懸命に呑み込む。

「ファミリーが壊滅しても、証言台に立つ限り、危険は去らない」

「証人保護プログラムが、あなたを守ってくれます」

そして、名を変え、別人になって、平和に暮らせばいい。それが男の身のためだ。兄の敵討《かたきうち》がかなったのなら、この年で隠居したところで、思い残すことはないだろう。

自分は、ルーファス・マクレランではなくなった男の人生にはかかわれない。そもそも知る権利を有さない。

だから、この背を抱き返せない。

ふっと視界が陰る。

反射的に、顔を背けていた。

「……っ、お断りだっ」

キスを拒んで、広い胸を押し返す。だが拘束はゆるまず、いくらか胸の間に空間ができたにすぎなかった。

「私は、君に嘘はついてない。真実を話さなかっただけだ」

茶化しているわけではない声が、浅海の血を沸騰させる。

バシッと、高い音が部屋に響いた。

「そういうのを、詭弁《きべん》と言うんだ」

唸るように吐き捨てて、今度こそ囲い込む腕から逃れる。大股にドアに向かって、ノブに手をかけた。

「これで終わりかい？」

そのタイミングでかけられる、静かな問い。

「……終わりだ。なにもかも」

掴んだドアノブから手を離すことなく、浅海はゆっくりと首を巡らせた。

事件は収束した。

任務も終了した。

來嶋が休暇をくれると言っている。

久しぶりの休暇だ。やっと身体を休められる。好きなだけ寝て、ここのところ疎かにしがちだった掃除をして、弟にも連絡を入れなければ。恋人を紹介してもらう約束になっている。

男は、じっとこちらを見据えたまま、動かない。

エメラルド色の瞳の美しさに静かな感嘆を覚えながら、浅海はゆっくりとドアノブをまわした。


部屋を出て、廊下を大股に突き進む。非常階段に出て、外の空気を吸って深呼吸を繰り返し、鉄扉を殴りつけた。

一発殴りたかった希望はかなったが、それは結果的に、懸命に抑え込んでいた感情を粟立たせたにすぎなかった。

扉に肩をもたせかけると、腰のあたりに違和感を覚える。何か硬いものが触れている。ポケットを探ると、出てきたのは、あの腕時計。ルーファスにつき返したはずの、彼の兄の形見の時計だった。

「どうして……」

あのどさくさで、ポケットに戻されたのだと気づく。

いまならまだ、返しに行ける。

そう思うのに、足が動かない。

傷つき、時を止めてしまった腕時計を、ぎゅっと握った。

「……っ」

喉を震わせるのが嗚咽《おえつ》だなんて、気づきたくない。

視界が歪むのは、風が強いからだ。

傷ついた文字盤の上にポタリポタリと雫が落ちるのは、きっと雨が降ってきたから。しょっぱい味の雨だって、たまには降る。きっと降る。

「ち…く、しょ……っ」

口汚く罵《ののし》って、鉄扉に背をあずけ、空を仰ぐ。

「いい天気……」

雨など降ってない。

空は青く晴れ渡って、白い雲が浮かんでいる。

手にした時計を投げ捨ててやろうと思うのに、手放せない。

さっさとアメリカに帰れと、声にならない声で罵った。

自宅に戻るのは、ずいぶん久しぶりに感じられる。実際には数日のことなのに。

疲れきった浅海は、重い足を引きずって、寄り道もせず帰宅した。携帯電話をチェックする気力もないままに。

そんな彼を、玄関の明かりが出迎える。

どうやら、弟のどちらかが帰っているらしい。

明かりのついた家に帰るのはいいものだ。疲れていた身体が少しだけ軽くなるのを感じる。

「准《じゅん》？　荷物取りに来たのか？」

ちょうど連絡を入れようと思っていたところだ。恋人を含めての食事会のスケジュール調整をしよう。大学に通う三男が平日に帰宅することはほとんどない。だからきっと、次男のほうだろうとアテをつけて呼びかけるも、返事がない。

「准？　二階か？」

リビングのドアを開けると、人影。だが浅海を出迎えたのは、次男ではなかった。

「あ……」

細身の、スーツ姿の男性。その整ったインテリ顔を見て、彼が何者であるかを察する。

向こうも、浅海の素性にすぐに思いあたったのだろう、その目を見開いた。

「あの……」

「兄貴？　遅かったな」

その彼が口を開きかけたのを、「お帰り」とキッチンから顔を覗かせた弟の声が遮る。

「頼んだもの、買ってきてくれた？」

「頼んだもの？」

男性の素性を確認する前に鸚鵡《おうむ》返しに言葉を返してしまったのは、浅海も疲れていたからだ。

「メール見てない？」

慌てて確認すると、「糸コン買ってきて」とメールが入っている。その一本前には、恋人を連れて行くからとの連絡も入っていた。

携帯電話を閉じて、ひとつため息をつき「糸コンじゃなくてシラタキだ」と訂正を入れる。キッチンから漂《ただよ》ってくる出汁《だし》と醤油の香りから、肉じゃがをつくっているのだろうとアテをつけたのだ。

「そうだっけ？　でも色が違うだけで一緒だろ？」

「……まあな」

昔は製法に違いがあったらしいが、今ではほとんど区別されなくなっている……なんて、よくある糸コンとシラタキ論争など、どうでもいい。そんな話をしている場合ではないはずなのに、思考回路が鈍っていてダメだった。

しょうがない。気の利いた話をするのは諦めよう。

「愚弟がお世話になっています」

どうぞおかけくださいと、ソファから立って所在なさげにしている男性に微笑みかける。

「い、いえ、こちらこそ。突然、申し訳ありません」

深々と頭を下げた弟の恋人は、大人の落ち着きをまとっていながらも、どこか可憐《かれん》さを失わない綺麗な人だった。

弟にはああ言ったものの、いざ対面となったら身構えるのだろうなと、浅海は考えていた。けれど今、胸にわだかまるものはなにもない。

願うのはただ、弟の幸せだ。

「おまえの味つけじゃ心もとないな。俺がつくるよ」

ジャケットをソファに放り、ネクタイを解いて、腕まくりをする。

「あ、あの、レシピを教えていただけますか?」

このチャンスを逃してなるものかと、メモとペンを手に浅海の傍らに立ったその人は、さすがは理系と言うべきか、それとも本人がズレているだけなのか、塩少々、砂糖ひとつまみといった曖昧《あいまい》さが理解できないようで、デジタルスケールでグラム以下の単位まで計ろうとして、唖然を通り越して脱力させられる。さすがは、料理のたびに鍋をダメにするだけのことはあると、妙に納得させられた。

キッチンに満ちる笑い声。

そんなところが可愛いんだと、鼻の下を伸ばしきった弟の惚気を鼓膜に心地好く聞きながら、なんだ、自分はまだ笑えるじゃないかと、浅海はそんなことを考えていた。

その翌日。

ルーファス・マクレランＦＢＩ捜査官は、迎えに来た仲間の捜査官とともに、機上《きじょう》の人となった。逮捕され入院中のスコット以下、元マフィア構成員の担当者として、別の捜査官が後日派遣されてくるらしい。

一味がアメリカに移送されるのを待って、裁判が開始される。罪状には、マクレラン捜査官の兄、アメディィオ・マクレラン元ＦＢＩ捜査官と同乗者爆殺の一件も、含まれていると聞いた。

ルーファス・マクレランは、ＦＢＩ捜査官として、証言台に立つ。証人保護プログラムに守られて。

その後の人生を、彼がどこでどう生きるのか、知ることはかなわない。

after that

一日、ただマルタイについてまわるだけに終始した任務を終えて、ひさしぶりに早く帰宅することができた。

季節は移り変わり、陽が長くなっている。

庭の草毟《くさむし》りもしなくちゃな…などと考えながら玄関ドアに鍵を差し込もうとすると、抵抗があった。開いている。

「准《じゅん》？ 峻《しゅん》？ 帰ってるのか？」

末弟は大学に通うためにひとり暮らしだし、次男は恋人のマンションに転がり込んで、新婚生活を満喫中。最近では、外で三人で会うことのほうが多い。

玄関には、見慣れない靴。それを訝りながらも、次男が実家に置きっぱなしにしてある荷物でも取りにきたのだろうと、たたきを上がり、リビングのドアを開ける。

だが、一歩足を踏み入れる前に、浅海《あすみ》はその場に固まってしまった。

「やあ、お帰り」

「……」

金の髪にエメラルドの瞳の美丈夫《びじょうふ》が、ダイニングテーブルの椅子で長い足を持てあましぎみに組んでいる。テーブルの上には、客用のコーヒーカップ。

「不用意だね。強盗の可能性だってあるんだから、もっと警戒しないと」

鍵が開いているからといって、家のなかで待っているのは家族だけとは限らない。空き巣と出くわす可能性だってゼロではない。そんな防犯の基本を講義されても、反応のしようがない。

驚きのあまり唖然と目を瞠ったまま、反応を返せないでいる浅海に食えない笑みを向けて、ルーファス・マクレランは「久しぶり」と微笑んだ。

「どうやって……」

最初に確認すべきことはそこではないだろう！　と自分で自分に突っ込みたくなる言葉がポロリと零れる。潜入捜査官はピッキングまでできるのかと、どうでもいいことが思考を過った。

「チャイムを鳴らしたら、弟くんが出迎えてくれて、事情を話したら上げてくれたよ」

「え？」

今度は驚嘆《きょうたん》を通り越して、青くなる。

「な、なにを言……っ」

「全部」

「……っ」

息を吸いすぎて、呼吸困難になりかけた。

「貴様……っ！」

大股に歩み寄って胸倉を掴むと、その上に添えられる、大きな手。

右ではなく、左だ。

その手首にはめられたものを見て、浅海はさらに大きく目を瞠った。

「ちゃんと動いてる」

その腕時計は、正確に時を刻んでいた。

しかも、日本時間ではなく、アメリカ東海岸標準時。

驚いた隙に腰に腕がまわされて、広い胸に囲い込まれてしまう。そして教えられる、ルーファスと弟とのやりとり。

――『この時計、兄の腕には大きすぎると思うんです』

玄関チャイムが鳴らされるのを聞いて応対に出た次男は、ルーファスを見て怪訝そうな顔をしたものの、自己紹介をするとすぐになにやら思いついた様子で、家の奥へと消えてしまった。

戻ってきた彼の手に握られていたのは、修理され、綺麗に磨かれた、あの腕時計。時計をルーファスの腕にはめて、青年は「なるほど」と頷く。

――『ああ、やっぱり、あなたにピッタリだ。これ、あなたのですね？』

――『私のものだ。私が侑《ゆう》に……君のお兄さんにあずけた』

訊かれたルーファスは、弟の聡明さに感嘆しながらも、サラリと勝手なことを言った。弟は、まるで疑わなかったという。

――『そうですか。兄貴、今日は早目に帰ってくると思うんで、どうぞ上がって待っててください』

そして、客用のカップでコーヒーまで淹れて、恋人が待っているからと帰って行ったのが一時間ばかり前のこと。

それから浅海が帰宅するまでの間、ルーファスはこの部屋で弟の入れたコーヒーを味わいながら、時間を潰していたのだと聞いて、思わず眩暈に襲われる。

次に弟に会ったら、いったいなんて言ったらいいのか。甘ったれな末弟にばれなかっただけでもマシだったと思うべきか……。

だが、それどころではないと、浅海は話の軌道修正を試みる。

「証人保護プログラムは？　裁判はどうなったんですか？」

こんなところにいていいはずがない。

そもそも、証人保護プログラムの保護対象となったら、自由に出入国などできないはずではないのか？　それとも、日本で暮らすことにしたのだろうか。名を変えたあとどこで暮らすかの希望は聞いてもらえるはずだが……。

そんな、このあと聞かされる発言に比べれば充分に呑気といえることを考えていた浅海は、つづく言葉を聞いて目を剥いた。

「ＦＢＩに復帰した」

「な……っ⁉」

正気か⁉　と、思わず胸倉を掴んでいた手に容赦のない力を加えてしまう。

あのあと、米当局によって行われた摘発で、ガローネ・ファミリーはほぼ崩壊した。その摘発にかかる情報を、ルーファスが提供したのは間違いない。

「いくらファミリーが壊滅したからって！　闇社会そのものがなくなることはないんだぞ！」

潜入捜査官であることも、そのためにガローネ・ファミリーが崩壊したことも、いずれ最高幹部会《コミッション》の知るところとなるだろう。いや、すでに知られているかもしれない。

同じ事態を招かないために、消されることは充分に考えられるのだ。刑が軽かった者が出所すれば、報復の危険だってある。

「だから、日本に飛ばされたんだ」

「……？　なんだって？」

飄々と返してくる男の首をギリギリと締め上げながら、問い返す。ルーファスが若干苦しそうに眉を顰めても、浅海は一切かまわず問答をつづける。

「しばらくは内勤にまわされて……日本警察との人事交流に出されたんだ。所属は警察庁になる」

「……そんな……」

ありえない…と、呟くものの、目の前の男は幻でもなんでもない。

抱き寄せられ、男の意図を察して、慌てて身を捩る。

「待て……っ」

口づけを拒む浅海を、男は絶対に放さないとばかり、さらにきつく抱き締めた。間近に迫る美しい相貌が、実に心臓に悪い言葉を告げる。

「ダメだ。これを受け取ったときから、もう放さないと決めていた」

修理された腕時計を示して、男は絶対の自信を見せる。

「勝手な……っ」

暴れたら、大きな手に両頰を捕らわれた。まっすぐに視線が絡む。

「勝手でもなんでもいい。――君を愛している」

「……っ！」

その目で、その声で、その顔で、そういうセリフを吐くのは卑怯だ。

不覚にも、頰が熱くなるのがわかった。

それでも素直になどなれなくて、責める言葉を口にする。

「おまえみたいな狡賢《ずるがしこ》くて口の達者な男の言うことを信じろと？」

それに対してルーファスは、浅海がなかったことにしようとしていた点を、容赦なくついてきた。

「信じたから、この時計を修理してくれたんだろう？　そして、大切にしてくれた」

「……っ！」

絶句。

見開いた瞳の中心に、男の顔を映している以外に、なにもできない。

腕を掴まれ、再び抱き寄せられる。

広い胸に両手を突っ張ろうとして、しかし浅海は、うっかり……ついうっかりと、腕の力を抜いてしまった。

なんてことだと胸中で毒づきながら、その背に腕をまわす。あの日、抱き返せなかった背中だ。

嬉しそうに口許を綻ばせた男が、浅海のサラリと指通りのいい黒髪を梳く。そして、帰国の前日、「興味がない」と浅海がつっぱねた件を口にした。

「危険だとわかっていても、本名を名乗らずにはいられなかった。けど、朝になって後悔した」

弟の言葉にショックを受けてたたずむ憂いを帯びた横顔に一目惚れした。いけないとわかっていて、でも声をかけずにはいられなかった。

万が一組織にバレれば、巻き込むことになる。そんな危険は冒せない。

だから、翌朝ベッドを出て行く浅海を引き止めることなく、寝たふりで見送った。その背をどれほど抱き締めたかったことかと、ルーファスは滔々と語る。

本当に口が上手いと呆れながらも、嫌な気はしなかった。

「すべてを終えたとき、命があったら本気で口説こうと思っていた」

けれどあのとき、生き残れる可能性のほうが実のところ低かったのだ。だから、悪い男のまま去ろうとした。

エメラルドの瞳が、情熱的に輝いている。

男の体温が高い。その熱に蕩かされて、浅海は静かに口を開いた。

「捨てようと、思ったんだ」

腰を抱く男の腕をとって、そこにはめられた時計をそっと撫でる。

「でも、捨てられなかった」

愛した男の、二度と会うことのない男の、生き様のすべてが凝縮されていると思ったから。

だから、修理に出して、ずっと持っていた。

日に一度は手に取って、男は今ごろどうしているだろうかと考えた。弟には、きっとそんな姿を盗み見されてしまったのだろう。

「捨てられなかった……っ」

込み上げるものを、ぐっと呑み込む。

「侑……っ」

逞しい腕が、しなやかな背を強く抱き締めた。背が撓るほどの抱擁。

今度は、首に腕をまわして、やわらかく整えられた金糸に指を滑らせる。なめらかな感触は、連日肌を合わせたあのときと、変わっていない。

「キスを」

気づけば、自分から求めていた。

あの夜、情事のはじまりに男が口にしたのと同じセリフ。

「いいのかい？」

問う声は吐息となって、唇をくすぐる。いまさらいいも悪いもないだろうに。

笑いが込み上げて、だから、少しだけ意地悪い言葉を返した。

「信じさせてくれるなら」

職務上、嘘のない関係など不可能だ。だから、すべてが真実でなくてもいい。けれど、信じさせてほしい。

エメラルドの瞳が諾《だく》の意を込めて細められる。

「愛している」

言葉とともに、ゆっくりと重ねられる唇。

真摯な口づけは、やがて情熱的なものへと変化して、ふたりの体温を高めていく。

愛の言葉を浴びるほどに聞いて、ほかの言葉を忘れてしまったかに男の名を呼びつづけて、甘美な熱に酔いしれる。

危険が去ったわけではない。
禁忌を食らう甘さも背徳感もかわらない。
それでも、手放せない熱がある。溺れてしまいたい欲がある。
職務も互いの立場も、男の腕のなかにいる間だけは、忘れていい。

あとがき

こんにちは、妃川螢です。プリズム文庫さんでは先月に引きつづき四度目の登場になります。この度は拙作をお手にとっていただき、ありがとうございます。

今回は、先月刊『甘露の誘惑』に脇キャラとして登場していた浅海が主人公です。結果的に二冊でひとつの事件が解決することになるのですが、単品でお読みいただいても大丈夫だと思います。――が、もし興味を持たれましたら、既刊もチェックしていただけると嬉しいです。

実を言うと、最初に頭にあったのは、こちらのプロットでした。逮捕された犯罪者と警察関係者のロマンスを書けないかと考えていたわけです。で、あれこれ練っていくうちにこのようなかたちにおさまりました。

書き手としては、ルーファスが本物のマフィアでもよかったのですが、そうすると大団円とはいえないラストになってしまって、たぶん妃川の作品を読んでくださる皆さまには受け入れていただけないだろうなぁ…と思い、このような設定になりました。どうでしょう？　ラストが切ない別れでもよかったかなぁ…？（悩）。もちろん再会できる未来を感じさせる感じで、というのは大前提ですが。ご意見をぜひお聞かせください。

本当は既刊カップル（神野×エセル）のその後も書きたかったのですが、本編中にまったくその隙がなく……なんだが神野兄のほうが目立ってたような……（汗）。

そんなわけで、あとがきのページも余っているようですし、せっかくなので本編では書けなかった神野とエセルのその後の様子をチラリとどうぞ。

＊　＊　＊

任務を終えて帰宅すると、求める存在はリビングのソファの上にあった。チャイムを鳴らしても出迎えのなかった理由が知れる。

傍らの床の上に、冊子が落ちている。新作の脚本を読んでいるうちに、眠ってしまったらしい。

ベッドに運んだほうがいいのか、このまま寝かせておいたほうがいいのか。

庁舎を出る前に、これから帰ると連絡を入れたのに…と、多少残念な気持ちに駆られていた神野だったが、視界のなか、蜂蜜色の睫毛が戦慄くのを見て、抱き上げようとする腕を止めた。

「エセル?」

起こしてしまったか…と、固まっていたら、とろりと潤んだ瞳が開かれて、その中心に神野を映す。

「お帰り……」

掠れた声が出迎えのあいさつを紡いで、それからまたとろりと瞼を伏せてしまう。小作りな頭を神野の胸に寄せて、そしてホッと息をついた。

「エセル?」

「ごめん。起きて待ってようと思ったんだけど、声聞いて安心したら、眠くて……」

電話で神野の無事な声を聞いたら、安堵して気が抜けた、ということらしい。

「ずっと、寝られなくて……」

そこまで説明するのが精いっぱいだったらしい。エセルは今度こそ深い眠りの淵に落ちていってしまう。

だが残された男はたまったものではなかった。想いを通じ合わせたばかりの恋人にそんな可愛いことを言われて、何も感じないわけがない。

穏やかな寝息をたてる唇を思いっきり貪って、腕のなかの体温の高い身体を組み敷いて、それから……。

思わず空しい妄想に想いをはせてしまって、深く嘆息する。相手が寝入っているもの、どうすることもできない。

しかたなく、しなやかな身体を抱き上げてベッドに運び、自分はバスルームへ。汗を流して出てきても、エセルはぐっすりと寝入ったまま。自分も疲れていることだし、愛しい身体を抱いて、早目にベッドに入るのも悪くない。

戸締りをたしかめて、明かりを落とし、ベッドの半分に身体を横たえる。起こさないように注意を払いつつ痩身を抱き寄せると、寝ぼけたのだろうか、しなやかな身体は自ら神野の腕のなかにおさまって、その腕を背にまわしてきた。まるで、もう放さないとでもいうように。

やわらかな蜂蜜色の髪を梳いて、小作りな頭の下に腕を差し込む。甘い香りのする髪に鼻先を埋めて、瞼を閉じる。

生きている実感が、ジワリ…と神野の胸を満たした。

＊　＊　＊

エセルはまだホテル住まいなの？　とか、新居？　とか、細かな設定部分はスルーでお願いします（汗）。

ごあいさつが遅くなってしまいましたが、イラストを担当していただきました立野真琴先生、お忙しいなか今回も本当にありがとうございました。

前作に引きつづきラフ画の段階から萌えさせていただきました。そして、神野兄と來嶋に興味を持っていただけて嬉しいです。こういう、ＢＬ作品ではなかなかメインにしにくいタイプのキャラを脇で暗躍させるのが好きなもので……事件解決後しばらく、怒った來嶋さんが神野兄からの電話を着信拒否してたりしたら楽しいなと思います（笑）。

今回は二冊連続でご一緒できて本当に嬉しかったです。もしまたご一緒できる機会がありましたら、そのときはどうぞよろしくお願いいたします。

最後に告知関係を少々。妃川の活動情報に関してはＨＰの案内をご覧ください。

http://himekawa.sakura.ne.jp/　（※ＰＣ・携帯共に対応。但し携帯は情報告知のみ）

編集部経由でいただいたお手紙には、情報ペーパーを兼ねたお返事を、年に数度まとめてになってしまいますがお返ししています。ネット環境がない方は、こちらをご利用ください。感想等も気軽にお聞かせいただけると嬉しいです。

それでは、また。どこかでお会いしましょう。

二〇〇九年八月末日　妃川　螢

プリズム文庫

NOW ON SALE

プリズム文庫

甘露《かんろ》の誘惑《ゆうわく》
妃川螢
Hotaru Himekawa
立野真琴
illustration
高校卒業まで日本で過ごしたエセルは、アメリカで俳優として活躍している。華やかな生活と裏腹に、マフィア根絶を掲げる上院議員の父親のせいで、命を狙われていた。そんな中、仕事で来日したエセルは、渡米するきっかけとなった男・神野と再会する。過去のわだかまりが消えないまま、日本にいる間、神野が自分付きのSPになったことを知り、エセルは戸惑いながらも次第に…。

NOW ON SALE

原稿募集

プリズム文庫では、ボーイズラブ小説の投稿を募集しております。

優秀な作品をお書きになった方には担当編集がつき、デビューのお手伝いをさせていただきます！

応募資格

性別、年齢、プロ、アマ問わず。他社でデビューした方も大歓迎です。

募集内容

商業誌に未発表のオリジナル作品であれば、内容に制限はありません。ただし、ボーイズラブ小説であることが前提です。エッチシーンのまったくない作品に関しましては、基本的に不可とさせていただきます。

枚数・書式

1ページを40字×16行として、100〜120ページ程度。原稿は縦書きでお願いします。手書き原稿は不可ですが、データでの投稿は受けつけております。

投稿作には、800字程度のあらすじをつけてください。また、原稿とは別の用紙に以下の内容を明記のうえ、同封してください。

◇作品タイトル　◇総ページ数　◇ペンネーム
◇本名　◇住所　◇電話番号　◇年齢　◇職業
◇メールアドレス　◇投稿歴・受賞歴

注意事項

原稿の各ページに通し番号を入れてください。

原稿は返却いたしませんので、必要な方はコピーを取ってからのご応募をお願いします。

締め切り

締め切りは特に定めません。随時募集中です。

採用の方にのみ、原稿到着から3カ月以内に編集部よりご連絡させていただきます。

原稿送り先

【郵送の場合】〒153-0051　東京都目黒区上目黒1-18-6　NMビル3F
（株）オークラ出版「プリズム文庫」投稿係
【データ投稿の場合】prism@oakla.com

プリズム文庫をお買い上げいただきまして
ありがとうございました。
この本を読んでのご意見・ご感想を
お待ちしております！

【ファンレターのあて先】
〒153-0051　東京都目黒区上目黒1-18-6 NMビル
（株）オークラ出版　プリズム文庫編集部
『妃川 螢先生』『立野真琴先生』係

プリズム文庫

禁忌の誘惑

2009年10月23日　初版発行

著　者　妃川 螢
発行人　長嶋正博
発　行　株式会社オークラ出版
〒153-0051　東京都目黒区上目黒1-18-6　NMビル
営　業　TEL:03-3792-2411　FAX:03-3793-7048
編　集　TEL:03-3793-8012　FAX:03-5722-7626
郵便振替　00170-7-581612（加入者名:オークランド）
印　刷　図書印刷株式会社

ISBN978-4-7755-1430-6　Printed in Japan